愿你余生安好 嘴角带笑

小强
大人

著

WUHAN UNIVERSITY PRESS
武汉大学出版社

图书在版编目（CIP）数据

愿你余生安好，嘴角带笑 / 小强大人著 . — 武汉 : 武汉大学出版社，
2019.12

ISBN 978-7-307-21355-5

Ⅰ . 愿… Ⅱ . 小… Ⅲ . 随笔—作品集—中国—当代 Ⅳ . I267.1

中国版本图书馆 CIP 数据核字（2019）第 285975 号

责任编辑：黄朝昉 孟令玲 责任校对：牟 丹 版式设计：阎万霞

出版发行：**武汉大学出版社** （430072 武昌 珞珈山）
（电子邮箱：cbs22@whu.edu.cn 网址：www.wdp.com.cn）
印刷：保定市西城胶印有限公司
开本：880×1230 1/32 印张：8 字数：152 千字
版次：2019 年 12 月第 1 版 2019 年 12 月第 1 次印刷
ISBN 978-7-307-21355-5 定价：39.80 元

推荐序
愿你一直年轻得刚刚好

我和小强是同事，也是很好的朋友，是那种经常聚在一起，吃各种好吃的火锅，讨论各种脑洞大开的话题的朋友。

初次见面应该是一年前。那时，我刚刚到上海，真的要感谢比我年轻几岁的同事们，他们年轻、热情，迅速地让当时不太快乐的我，融入了上海这个明珠之城。我们分享快乐、嬉闹，又互相嫌弃、喜欢坚持己见、爱拿对方开涮。

我记得，还不熟悉的时候，小强曾问过我是不是出版过书的那种作者。或许，在他的心中，只有出版过书才真正值得开心。因为这代表被认可。而在我心中，每一个提笔写作超过一定字数的人，都应当被尊重，皆是文人墨客。

我说，是啊。你也会的，只要你一直坚持写。

今天，他真的做到了，带着他满满的诚意，过去的故事。读这些文字，其实是有季节感的，它们散发着夏末秋初的味道，让你无限怀念曾遇见过的那些人，发生过的那些故事，拥有过的那些心情，再也抓不住，无法挽留，只能怀念。

好像书中所有的故事都发生在夏末秋初。在那个微微凉的季节，世界清爽下来，我们刚刚经历，忙着找工作，毕业，有的人还经历了失恋的悲伤，经受等待的漫长，羡慕着学长学姐拥有了自己想要的一切，我们憧憬未来的某个时刻可以拥有属于自己的适意生活……殊不知，人生早已陈列好每个人的舞台，我们也将成为真正的舞者，舞出姿态。

当你认真读这本书，你会开始了解一个少年的成长，会怀念昨日的挣扎、彷徨。原来我们每个人都一样，都一样曾——爱过，痛过，恨过，遗憾过……而这些发生在青春的真实情感，填满了记忆，而那些容易得到的快乐，或难以触摸的欣喜若狂，早已散落。

我们无法回到过去拥抱自己，但可以借由小强的这些文字，找到过去的自己，真诚地说一句——不抛弃，不放弃。坚持、坚强这些词固然高大、可贵，而我只想感谢你，当初不管遭遇了什么，还好你即使流着眼泪，也都没有放弃。

我对小强最深的印象，是每次往朋友圈发我们的合影，立刻会有朋友指着小强问，那不是某个明星吗。我都要解释一下，他有我这个同事这么年轻吗？

我说的年轻，不仅仅是外貌，而是一种生活的姿态，以及内心的青春感。

写作很多年，认识了许多作者。男作者经常称自己表面沧桑，但灵魂不老。事实上，他们的生活基本很像，经常熬夜写作，泡图书馆，社交生活几乎为零，没有时间打扮自己。尤其像小强一样一边工作，一边写作的作者，更是辛苦，他们的白天和夜晚，分别属于不同的时区，不同的灵魂，不同的世界。

所以，我总是很能理解那些表面邋遢，留着稀疏的胡渣子，甚至开始秃顶的男人。

所以，我们要格外珍惜，还有小强这样的潮男、型男存在。熬过同样的漫漫长夜，同样写作，他却把自己照顾得很好，不仅衣着考究、时尚，还喜欢做各种美食，带到公司和我们一起分享。

相信很多读者也会好奇小强生活中是怎样一个人，是不是和文字中的他，一样有情有义？

小强是很有爱心的人，他养过一条狗，小狗生病后，他就带着它看医生，打针。他经常给我们看他和小宠物的照片，特别有爱心，那种耐心和温暖也感染了我，让我也开始喜欢宠物，想收养一只可爱的小狗。

小强的忠实读者很多，尤其是女孩子。一个女孩失恋，小强帮助过她，从此，每当节日，她都会给他一个大红包。小强从不回应，也不会收。我们都很好奇，他却说，如果收下了，就不会再是朋友了，多一个朋友，少一些误会，便是最好不过。

他珍惜情谊，也用单纯的心境爱着身边的人。善意如清流，我们真的不知何时就改变了身边的人。所以，我们要保持内心的温度，呵护自己的初心，真的怕一不小心就变成一个油腻的中年人。

但愿小强，一直像现在这般，年轻得刚刚好——文字、故事、心态，一切都是刚刚好的样子。

更期待，小强会一直写作，热爱生活，有温度、不甘苟且、享受远方。

最后，千万别老去，千万别油腻！

韦　娜

目　录

Contents

第一章

我们就像迷途的星光，尝试着把黑暗照亮

第二章

余生不长，要活得漂亮

第三章

人生没有那么苦，但总要经历些孤独

第四章

你有无勇气打扰这个宇宙

第五章

愿你眼中有光，活成理想模样

第一章

我们就像迷途的星光，尝试着把黑暗照亮

我们在青春里迷茫又彷徨，焦虑又慌张，但好像没有了这些情绪，就不能叫青春了。不迷茫，焦虑就没了，不焦虑，青春也就没了。所以迷茫从来不可怕，可怕的是不敢去面对它。

在深海里寻找一片璀璨星辰

生活如果没什么波折，有的人便会觉得拥有的一切都是理所应当。然后，对于那些想得却还未得的一切而感到焦虑。总觉得别人的是最好的，从而忽视已有的一切。

在电影《你好布拉德》里，陷入中年危机的布拉德整日因为曾经同窗好友的优秀而自卑，例如：有同学坐私人飞机，他自己却买的特价机票；有同学40岁就卖掉了名下的科技公司然后在沙滩上悠闲度日，而他自己还在为非营利组织的业务而四处奔波；有同学满世界的演讲，在白宫工作还在哈佛当教授获得所有人的尊重，他自己在晚宴上却连5分钟的尊重也赢不到。

明知道这样对比生活是很愚蠢的一件事，但还是会时常这样去想，每每都有一种失败感，并且会随着时间的流逝而越发觉得糟糕。

当他把这些和正在哈佛读大学的女孩说的时候，那女孩说了一段话让我很有感触：

我觉得你很幸运，到50岁了也依旧认为这个世界在为你而转，你是否有了解过真正的贫穷，当我去印度德里妈妈家的时候，看到那边有许多人每天靠着2美元而生活，他们没有抱怨晚宴上被人忽略，他们能吃上饭就已经很开心了，别让我为你感到难过，你过得挺好的了，你拥有的已经足够了。

明明是对着布拉德说的，可却像唤醒了我。是的，我还没有到中年，可也有了许多危机感，这样的危机感来自我身边那些优秀的同龄人。例如，当我看到高中同学成为网红，开了自己的淘宝店，甚至有了自己的工作室，同在上海的大学校友租下了一套办公室开始打拼，就连福布斯90后影响力排行榜这样看上去离我遥远的排名，上面也赫然出现我两个朋友的名字。

和布拉德一样，在发现身边的人都如此成功之后，我内心是恐慌的，总感觉自己不如人，没钱没权没背景没名誉。溃败感时常在深夜袭来，让我辗转难眠。

我回顾自己的人生，至少过着看上去还算舒服的生活，能吃火锅、逛街、看展，其实已然足够幸运。

危机的来源从来不在于别人怎么看待你，而在于你怎么看待自己的生活。这世界上，真正比你困难的人，其实有太多太多。

就如《无问西东》里有句台词："世界很美好，世道很艰难。"

有一幕艰难的画面至今在我脑海里挥之不去：

那天上班路上，等红灯的时候看到一个妇女站在马路中央，一辆后八轮正常往前开着，她突然朝着那辆车径直走去。后八轮一个猛刹车，那女子就坐在了地上。一开始还以为是碰瓷什么的。等到绿灯亮了，我走到马路中央，才发现那个女子一边号啕大哭，一边用嘶哑的声音呐喊着："撞死我吧，我不想活了啊。"听上去是那样的撕心裂肺。

马路很短，我走到了对面，回头看她依旧在车流中穿梭，全身散发着绝望。

到底是怎样的悲伤让她这样呢，我不知道。我只知道，她一定经历了什么难以想象的痛苦。

生活实苦，我们每个人都经历着或多或少难以想象的痛苦，可生活还要继续，就像岛上书店那句话说的：

只要活着，就会有好事发生。

这让我想到了那年夏天，公司去宁波团建。

8月份的酷暑天气，我们包了一辆车，配备了一名司机和一名导游，我们总是走走停停，比如中午吃完饭，参观了一个景点，觉得累就回酒店休息，等待晚上的再一次召集。

我们压根没去想一个问题，就是在我们休息或者玩耍的时候，导游和司机在哪里，做什么。

正巧在酒店休息的同事发现自己的手机落在车上了，就打导游的电话问他们在哪，导游说他们就在地下车库，下来就能看到。

据同事后来的描述，她找到了我们的车，上车的时候一阵热浪扑面而来，导游为了节省点钱，在地下车库里也没开空调，就那么安静地躺在车里，尽量减少活动来缓解炎热。

当我听到这事的时候，觉得特别揪心。

那是8月中旬，一年中最热的时候，地下车库没有通风口，虽然温度没有地面高，但还是很闷热。

而我们在开空调的凉房间里，盖着被子睡着觉。

哪怕他们如此辛苦，可是每一次见到我们的时候，还依旧乐呵呵的，没有任何抱怨，仿佛他们也在酒店好好休息了一番。

在我看来，夏天里没有空调的地方，都是折磨人的。例如：

在马路中间修柏油路面的工人们；

在工地里戴着安全帽的施工者；

在每一栋高楼大厦外擦窗的"蜘蛛侠"；

在火车站门口顶着烈日卖矿泉水的小贩；

……

有时候，从地铁到公司那短短的十几分钟暴晒就已经让人受不了了，更何况那些整个夏天在户外工作的人们。

每次快到公司的时候，就可以看到入口处的岗亭，站着穿西装的保安，接待每一位来客。

岗亭的遮阳伞很小，他们总是有一半身子被阳光直射到，也不知道出了多少汗。

更让人感到暖心的是，保安们还会在你经过的时候对你投以微笑，我常会不好意思地点头致意。

为什么会感到不好意思？大概是觉得自己比不过一个保安，哪怕烈日当头，依旧能露出微笑。

有句话说，现代人的崩溃是悄无声息的。

因为你不知道，他们在这次崩溃之前，忍住了多少次的眼泪，可就这一次，想放肆哭一场。

你问你的朋友，最近好吗。

他可能会说，还行吧。

可你不知道的是，他可能过得一点也不好。

就比如说闰土，我在考研时就认识的朋友，每天嘻嘻哈哈，只要有他的聚会大家就从来不会感觉无聊，所以我总是喜欢和他在一起玩。

他就是那种仿佛永远快乐并且让你也觉得快乐的人。所以有一天吃火锅的时候他突然和我说"阿强，我有抑郁症"时，我还以为他在开玩笑。

我停住了准备去夹牛肉的筷子，看着他，问他是不是真的。他和我说他经常整晚睡不着，只有靠着药物才能不胡思乱想，甚至和我说有时候觉得自残也挺爽的。

那一瞬间我真的愣住了。我总以为抑郁症离我很远，没想到居然这么近。我不知道该怎样安慰他，或许表现得不需要同情才是最大的安慰。我表面看似淡定地继续吃火锅，问他具体的情况，其实内心早已心疼不已。

没有发生在自己身上的事情，无法感同身受地表达，但因为是亲近之人的经历，而觉得这个世道真的很艰难。

每一个人都有自己想要隐藏起来的那一面，每一个人都有自己的悲伤和痛苦，不表达不代表没有。

那一个刚和你开心说再见的人，可能转身就打开手机给某个人发"我很想你，你在哪里？"的微信；那一个你认为受人欢迎的交际花，可能每天翻遍通讯录也找不到一个可以真正交心的朋友；那一个和你说最近生活还行的朋友，可能正为明天即将要还的蚂蚁花呗而焦虑不安。

我们都有自己的隐疾，也都有自己的软肋；有自己的不堪，也有自己的骄傲。

我们凭着一丝倔强熬过艰难的一天，然后又靠着幽默来打趣当年的煎熬。

还记得曾看过一句话：昨天很痛苦，今天很痛苦，明天更痛苦！但是后天会很美好。只是大多数人都死在"明天晚上"。

那些当下看来比天塌了还痛苦的折磨，最后都会变成这仅此一次的人生路上的宝贵回忆。

那些当初认为是压倒骆驼的最后一根稻草，到最后也都变成能笑着讲出来的生活中的调节剂。

在这个世界上，总有人承受着你想象不到的痛苦和折磨，总有人比你还惨，可他们中很多人，却很乐观地活了下去。

没有人能真正地绝对快乐，快乐，很多时候都是自己给的。

正如迟子建的一句话："出了这个门，有人遭遇风雪，有人逢着彩虹；有人看见虎狼，有人逢着羔羊；有人在春天里发抖，有人在冬天里歌唱。浮沉烟云，总归幻象。悲苦是蜜，全凭心酿。"

没有谁的生活轻而易举。生活面前，我们都是摸着石头过河的孩子。

可是总会有一个更优秀的你，在你尚未抵达的终点等着你，你终会到达那里，微笑着提起曾经不那么容易的生活。

而这一生我们都在做的，就是在无数个普普通通的日子里，把苦痛熬成甘甜，全力以赴好好生活。

我们都正在或曾经潜入过最深的海，但我们都不曾放弃去寻找最亮的星，这样，就已经足够了。

其实，正如开头提到的，布拉德意识不到自己已经享有的一切是多么幸运，我们也同样意识不到现在其实是我们往后余生中最好的年纪，身体安康、亲人健在、现世安稳，可惜我们意识不到自己已经拥有的美好，总因为一点小事，心情就一团糟。

别浪费了生命，还委屈了自己

90后最早的一批已经30岁了，最早的00后已经成年，90后也度过了被指责的时代，越来越多的关注放在了00后。如果我们还不努力，就真的被时代抛弃了。

明明不是很大的年纪，却也被这个社会影响，开始焦虑起来。

就拿步入社会不久的我来说，一边拼着命赚钱，一边熬着夜养生。经常零点过后才意识到自己需要活得健康些，于是烧了壶水，里面放上艾草包，一边泡脚一边敷面膜，20分钟的时间刚好。有时候还会在睡觉的时候贴个足贴祛湿。

做自媒体三年多，接触到优秀的人太多，前段时间福布斯发布了90后影响力排行榜，我身边的两个朋友居然上了榜。曾经一起吃饭聊天的朋友，已经登上了福布斯，而我还似乎一事无成。

参加工作的时间越久，就越丧失了最初的激情。对于职场的向往，对于想要做出一番事业的抱负，对于理想的憧憬，都在这日复一日的生活中给磨灭了。

还是学生那会儿，能清楚地记得每一学年的事情：那时候和谁玩得最好、去了哪里旅行、要准备什么考试、参加了什么比赛、挂了几门考试、聚了几次餐，日子总是那样清晰，可毕业之后，时间开始混乱，前年的自己好像和今年的自己没什么不同，感觉明明才去过一个地方可实际上是两年前的事，感觉这个月还没做什么就过去了，然后一年就过去了。

之前我总能在年末总结的时候写上很多当年发生的有趣的事情，那些闪着光的记忆点，可后来，当我回顾一年，却发现什么都没有。依旧没有存到多少钱，也没做出什么惊天动地的大事，身体还一年不如一年。

总是"持续性混吃等死，间歇性踌躇满志"，情绪在焦虑与迷茫间来回打转。

所以这些日子，我经常会问自己：我喜欢现在的自己吗？

现在的生活，是我自己当初想要的吗？

电影《无问西东》里有句台词说："世界很美好，世道很艰难。"

我们这一代人，生存的压力很大，焦虑的事情很多。而最大的焦虑，其实是别人给予你的。

当你看着当初和你一样甚至不如你的朋友做得越来越好，赚得越来越多的时候，这种失落感会让人忍不住恐慌。

就像电影《你好布拉德》中的电影开场，男主辗转反侧，难以入眠，脑海里闪现着他同学们的近况，要么是白宫官员，要么是企业老板，要么早早退休在海边度假，要么有着私人飞机，可自己似乎却什么都没有。

于是陷入了深深的迷茫焦虑之中，而我们很多人的焦虑，也正是来源于此。

一个人开始带头慌了，后来的很多人也开始跟着慌了。这种零成本的负能量容易衍生一种集体性的对当下和未来的恐慌，这种恐慌就像一种瘟疫大规模地互相传染。

于是在这种集体性恐慌下的你，也开始忍不住问自己，为什么别人看起来光鲜亮丽、耀眼出色，而自己却还是一个普普通通的平凡人？

但平凡的人生，就不好吗？

年轻时，谁都不甘平凡，想创造一方辉煌，可等到失去太多时，回过头才发现，平凡是最美的荡气回肠。

就像尼采所说，对于平凡人来说，平凡就是一种幸福。

电影《你好布拉德》落幕时，男主才恍然明白，原来自己所拥有的，已经足够多了：他有着爱他的妻子，争气的儿子，一套不用还房贷的房子，不担心饥饿与寒冷，还有着健康的身体，而大多数人还在为着温饱而发愁。

来这世上，何必要过得跟别人一样，又何必总是攀比？总有不如你的，也有你不如的，你就是你，独一无二的你，何必去羡慕自己没有的东西，而忽略了自己已经有的东西。

我们每个人都最终会归于平凡，平凡的人生从来也没什么不好。

真正不好的是，我们因为害怕努力之后依然失败，从而害怕努力，而安慰自己平凡可贵。更重要的是，我们是否曾真正为自己想要的生活而努力过。

在我看来，所谓理想，无论远大也好，务实也好，只要不是空想都可以称之为理想。

理想具有可实施性，而不是你昨天在电视上看到一个人很了不起，你就立志要成为他那样了不起的人；也不是你今天参加了一个同学聚会，发现一个老同学创业暴富，你就要丢掉工作开始创业。

每个人有每个人的活法，活在海边的人有活在海边的惊喜和壮阔，活在山里的人有活在山里的惬意与自在。

不要人云亦云，也不要为难自己，不要后悔走过的路，也不要畏惧前方的路。最重要的是，找到属于自己的路，然后按照自己的步伐走。

TED的一个视频《不要让任何人扰乱你的时间表》中，校长在开学典礼时对着新生们说道：

5年后，你们将开始自己的职业生涯；然后会结婚、买房；再过10年，你们的人生会安定下来；等到30岁，人生轨迹会定型……

听上去好像确实是这么个道理。在该上学的年纪去上学，然后千军万马过高考的独木桥，毕业考公务员或者进大企业，毕业两年就开始着手买房结婚生子，然后还着房贷车贷，再操心着小孩的教育、婚姻，然后终此一生。

这样不好吗？也不是说不好，只是，我不希望在这样的"必须"下过此生。

我可以考公务员结婚买房生子每天回家做饭遛狗辅导孩子功课，但前提是，我愿意如此。

我不想因为我应该去做一件事情而去做这件事。

因为到了应该结婚的年纪，所以去找对象；

因为到了应该买房的年纪，所以去还房贷；

因为到了应该生娃的年纪，所以去生小孩。

不是应该就要去做。而且，应该这词，本来就不应该。哪有那么多的应该，又是谁规定的应该，循规蹈矩过着应该那样过的生活，会是快乐的吗？

正如视频中，对校长提出反对意见的人说的那样：

有的人21岁毕业，27岁才找到满意的工作；

有的人没上过大学，却在18岁找到了热爱的事；

也有人毕业就赚很多钱，却不开心；

有的人选择间隔几年，去寻找自己的目标；

有的人16岁就清楚自己想要什么，但在26岁时改变了想法；

有的人有了孩子，却还是单身；

有的人结了婚，却等了10年才生孩子。

所以，人生的每一件事都取决于自己的时间，你的身边或许有朋友赚得比你多，过得比你好，又或者有朋友落后于你，暂时生活不如意，但每个人都有每个人自己的节奏。对待生活，我们要耐心一点。可我们总是太慌张，被时间、年龄、家庭、社会催着走，好像你一步没走，就成了另类。

突然想到，逆反期这个词指的是青少年时代，为什么成年人就没逆反期了？是不是说，长大后的我们，不敢逆反了。

明白社会的残酷、懂得世道的艰辛、了解生活的不易之后，就害怕了，不敢去做，总是觉得到我这个年纪了，就应该怎样怎样，与其特立独行，不如就这样随大流走下去。

所以好多的理想还来不及实现就破灭了，好多的不甘因为觉得到了年纪就开始将就。而唯有那些不肯将就，不肯放弃的人，才有了后来的遂愿。

就像32岁的J.K.罗琳被拒12次才得以出版风靡全球的《哈利·波特》，而马云35岁才创建了阿里巴巴。

30岁没结婚，但过得快乐也是一种成功，40岁以后再买房也没什么丢人的。

你看，生命中有那么多的可能，在本应如此的年纪去做不应如此的事情，造就出许多本不应该发生的事情，不到最后一刻，谁知道呢？

人生苦短，没必要非要活给其他人看，别浪费了生命，又委屈了自己。

现在来回答开头的问题，我喜欢现在的自己吗？

虽然还不是那么成功，但也是可爱的。尽管有许多地方不尽如人意，可却一步步在朝着自己的目标前行，虽然慢，但一直在前进着。

有理想，有爱，有期待。

依然会在泡脚的时候偶尔感到焦虑，可也不免感叹一句：好舒服啊。睡一个好觉，又是新的一天。

而至于我的生活，是的，我爱它。虽然依旧在年底回首的时候发现很多虚无，可我尝试着让生活更加有仪式感，我会把每个重要的日子都好好记下来，我会不停地折腾我自己的生活，让它充满未知。

我们依旧会焦虑而迷茫，这很正常，但我们要记住，这是我们生命中最好的年纪，身体健康、亲人安在、现世安稳，不要因为一点小事，就心情一团糟。

生活一地鸡毛，也要高歌前行

澳大利亚的一个电视工作者朗达·拜恩在生活跌至谷底的时候，意外发现了隐藏在百年古书中的秘密，许多知道这个秘密的人都取得了巨大的成功，比如林肯、爱迪生、爱因斯坦……当今的佼佼者早已了解并运用此秘密，为了让更多人知道并从这个秘密中受益，她写成了《The Secret》（中文版《秘密》）一书。

她把这个秘密推广到全世界，带给全球逾千万人喜悦的转变，并因此入选《时代周刊》2007年全球最有影响力的一百人之一。

书中的介绍是这样的：洞悉这个秘密的人都是各行各业的佼佼者，他们现身说法告诉你：幸福、快乐、健康、金钱、人际关系，这个秘密都能给你！了解这个秘密，就没有做不到的事；不论你是谁，你想要什么，这个秘密都能给你！

真的这么神奇吗？这个秘密到底是什么？

其实很简单，就是"吸引力法则"。当你真心渴望某样东西时，整个宇宙都会联合起来帮助你完成。在我们老祖宗的智慧中，便是那句我们总会挂在嘴边的：心想事成。

看上去很唯心的一句话，但其实不无道理。很多时候，我们得不到的东西，总是会怪这个世界太残忍，时机不对，缘分没到，怀才不遇。

可为什么总有人成功，而那个人却不是你？如果你得不到你想要的，其实是因为你并不是真的那么想要它。

欲望得不到满足，则痛苦。很多时候，我们的痛苦就是来源于"求而不得"，有时候感觉自己已经很努力了却一无所得。

一无所得的原因有两种，一种是其实你只是看起来很努力，其实总是在瞎忙，或者只是表现得很忙；而另一种，是真的努力了却得不到，这个的原因就在于奋斗的目标一开始便不是自己想要的，或是自己并不擅长的。这个目标或许是因为别人的怂恿，或许是因为短时的利益，或许是因为还不知道自己到底想要什么。

那些真正能成功的，真正能坚持下去的，大多是因为真心热爱，而唯有这种来自内心的热爱，才能成为不断坚持下去的能源。

其实从注册微信公众号开始在网上写作以前，我还尝试过许多让人注意到我的办法。

高中同学sasa（莎莎）因为在人人网翻唱了《生活大爆炸》里的一句歌词而爆红人人网，然后在微博成为网红，后来开始自弹自唱，做MV，出教程，甚至有了自己的淘宝店，还成为某品牌尤克里里（ukulele，夏威夷小吉他）的代言人。

这在当时默默无闻的我看来，简直是难以置信的。曾经的同学一夜之间就成了大网红，有着近百万的粉丝，我甚至能在随机播放的时候听到她的歌。

那时候无比想要获得关注的我，在她那买了第一把尤克里里，立志也要成为一个音乐达人。很认真地看教程、学习调音、指法、和弦，折腾了两个月，最终也只是能弹出《两只老虎》和《一闪一闪亮晶晶》这样的儿童歌曲。

并不是我太笨，而是发现真的有天赋这个东西，或许你可以说是我自己找的借口，但我发现我真的找不到音调。

流行歌都不会唱，更别说红了。也正是那时候，我才发现，别人擅长的，并不意味着也适合你，只是想要复制成功，却往往以失败告终。

兜兜转转了好久，我才意识到，我还是喜欢写作与分享。从小就培养起来的记日记的习惯，早就成了我生命中不可或缺的一部分，通过文字表达我的想法与态度，与和我三观一致的人产生共鸣，才能让我获得最大限度的满足。

所以从2016年有公众号开始，我自己一个人一写就是3年。每个周末别人去娱乐的时候、每天下班别人在家里玩游戏的时候，我都在默默地敲着键盘，目的不再是想要多红，而是做这件事本身，就已经让我获得了足够的愉悦。

当然，一直也不曾放弃过出书的念头，在新年愿望里写了三年，现在终于实现了这个愿望。我想，这真的就是心想事成吧。

再拿我自己擅长的健身来说，我见过太多的人在健身这件事上半途而废。问其原因，发现有太多是因为别人的因素：

当初同学拉着我来健身，现在他有事不来了，所以我也不想来了；当初我喜欢的人在健身房办了卡，为了看到他，我也办了，可现在他不来了，我也不想来了；我为了喜欢的人去健身，可是我发现现在我不喜欢他了，所以我不想来了……

如此种种，大多是因为外在因素而喜欢而放弃的。

最初两个人甚至更多人的热闹，突然变成一个人的寂寞，因为孤独不想坚持。或者是一个人的孤独却坚持，变成习惯了他人的陪伴，后来又成为一个人的时候，因为孤独而不想坚持。

都说当你坚持不下去的时候，想想自己为什么坚持到这里，然后一想，咦，当初坚持的原因似乎不存在了，那我还要不要坚持下去呢？于是很多人选择了放弃。

庆幸我自己最初健身的原因，是为了自己。是想在自己青春的年纪里，看到自己身材最美好的样子。我觉得连自己体重都掌管不好的人，怎么去掌管自己的人生？面对因为考研而突然暴涨的体重，面对他人一见面就说我胖了的尴尬，面对自己一坐下来就可以摸自己肚子玩的无奈，我还有什么理由不去健身呢？

每天下午5点从图书馆出来，去健身房的路上吃一根香蕉，然后锻炼，7点回到图书馆，继续看书，风雨无阻。那些闪着雷电、下着暴雨、骑车不自觉地弯腰怕雷打在我身上的日子啊，让我至今印象深刻。

后来一个研友似乎被我感染了，说要和我一起健身。从此健身的路上真的不再那么孤单，就算闪着雷电，两个人一起冒着暴雨冲刺我都觉得是一种乐趣。可是后来，研友放弃了考研去创业。于是我又变成了一个人考研，一个人健身。习惯了另一个人的存在，而突然失去了那些习惯，会让人突然觉得孤独与寂寞。也因此，我差点就不想坚持下去了。

读研之后，依旧在坚持健身这件事。后来机缘巧合认识了鹏鹏，一个大一新生，他对于健身可以称之为狂热，所以每次便凑着时间和他一起去健身房，因为有人监督着，所以整一个学期的时间，差不多一个礼拜去五次，一次两三个小时，身材也因此而变好很多。

可是后来，因为我开始实习，时间总是凑不到一起，他找了新的搭子（同伴），我们不知不觉就走散了。因为突然没了人监督，整个人就懒了下来，大半年的时间都懈怠了，直到那次在食堂碰到鹏鹏，他有些惊讶地看着我，说这才几个月，胖了这么多啊。

突然受到打击，我决定重回健身房。大汗淋漓之后，找到运动发泄后的快感后，我才忽然意识到，原来我差点就把我健身的初心给丢了。

后来我采访了很多身材特别好的朋友，问他们为什么坚持苦行僧一般的锻炼，其实大多数人给我的回答是因为热爱，或是习惯。

喜欢撸铁时挑战一次又一次重量成功之后的成就感，喜欢运动后浑身肌肉酸痛的充实感，喜欢无论穿什么衣服都好看的愉悦感。对我来说，最重要的是，不管一开始出于什么目的开始健身，后来却真正喜欢上了健身，所以才能忍受所有难换的日子，才能有令所有人都羡慕不已的好身材。

健身如此，做任何一件事也是如此，都少不了源于内心的渴望，发自内心的热爱，和持之以恒的坚持。

后来考上研究生之后，很多人问我，考研容易吗？考不上怎么办？会不会很丢人？考上了好找工作吗？

该怎么回答呢？因为太难回答，所以大多数时候我只会回一句，看你自己内心到底想要什么了。

如果只是因为觉得多了个文凭比较好找工作，或者是因为有了更高的学历会感觉比较荣耀，那么其实还有很多备选方案，考研并不是最划算的那一个。

在别人读研的时间去实习去历练，别人研究生学历的资本说不定还比不上你的工作经历；而说起荣耀，有那么多的方法可以获得关注，当网红、做生意赚大钱，都比考研更轰动。

考研那一年，在图书馆我见过无数人中途放弃，原本被占得满满的座位，到了考研前的一两个月，已经少了三分之一。

或许是因为找到了好的工作、或许是因为觉得没多少胜算、或许是因为有了新的目标，或许从一开始，就没想明白为什么要考研，只是看到同学们都在考研，那就考考看吧。

所以我给所有要准备考研的人说一个很关键的事，那就是在考研之前，就要想清楚，你真的要考研吗？不然等到考研行程过半，找不到坚持下去的理由了，就很大程度想放弃了。

你知道吗，那些一年如一日坚持到最后的考研者，不敢说多，90%的都被录取了。就拿和我一起考研的同专业的同学来说，坚持到最后的，都考上了自己的目标院校。

我还记得我考研的时候，在我的床边贴满了励志语录，有一句话来自《牧羊少年奇幻之旅》，原文是这么说的：

When a person really desires something, all the universe conspires to help that person to realize his dream.

翻译过来便是：当一个人真正渴望某样东西时，整个宇宙都会帮助他实现自己的梦想。

每天起来都能看到这句话，每一天我都比前一天更相信这句话，虽然当时我还不知道什么"吸引力法则"，也不知道《秘密》的奥秘，可我却用自己的亲身经历，证实了心想事成的神奇。

最后我想说，所谓的心想事成，并不是待在家里幻想着自己有钱的那一天，那叫白日做梦，因为你打从心底就知道这不可能实现，就并不是真正的"想"。

其实，换个词来解释吸引力法则，便是专注的力量。因为内心的渴望而专注一件事，那么就没有理由不成功。

莫言之所以拿到诺贝尔文学奖，是因为一直在专注写作这一件事；巴菲特之所以成为股神，是因为他一直在关注投资；乔布斯之所以成为苹果教父，是因为他一直在关注科技。所有行业的佼佼者，都是因为基于自身的热爱，并持之以恒地坚持。

而我们大多数人，关注的可能只是房价上涨、旧时同学获得比自己更大的成就、同事凭什么比自己拿到更多的薪资等这些鸡毛蒜皮的小事，于是我们收获的也只有鸡毛蒜皮的烦恼。反馈给我们的不是宇宙，恰恰就是我们自己，是我们自己困住了自己。

如果我们永远关注我们本身，关注我们的那些负面情绪——抱怨、不甘、痛苦和烦恼，那么我们就感觉不到生活中所遇到的美好，日子久了，就忘了自己所拥有的，而只看到了自己所没有的，于是便更加痛苦。

相反，如果我们开始停止抱怨，学会去发现生活的美好，去做我们认为值得做的事情，那么我们就会增加自信心和愉悦程度，哪怕生活暂时不如意，我们仍会选择高歌前行，即使现在的生活一地鸡毛，但是总会等来阳光彩虹。

当然，不可否认的是，即便我们有着阳光积极的心态，也终究有不如意的时候。但只要我们把握好心中的舵，一直向着阳光的方向，那么所有的阴霾都会只是暂时的，我们总会驶向那个向往已久的地方。

我喜欢的人，在朋友圈消失了

我记得刚刚开始玩QQ那会儿，没多少好友，便想着办法去加好友，去同城搜索朋友的朋友、游戏好友，见着谁都要加个QQ号，好像QQ好友数量越多，自己就越受欢迎。

热衷于聊天和交朋友，总是在电脑上挂着QQ找人聊天或等着人来找。我记得QQ的状态有一个叫"Q我吧"，在电脑右下角显示的是一个企鹅带着微笑的表情。一旦把状态变成这个，你的头像便会出现在别人好友列表的顶端，别人给你发的消息不用点击就会自动弹窗出来。都不用发"我好无聊，求聊天"啊，就会有人来找你聊天了。

"嘀嘀嘀"的系统消息一直响着，别人听到便会觉得，这真是个受欢迎的人啊。

听上去挺幼稚的，但好像那会儿就是这么想的，想要被认可，想要认识更多的人，想要快点长大。

但真正长大以后，忽然发现找不到人聊天了，QQ状态喜欢改成离开或者直接隐身了，再后来，QQ都不用了。

也难怪后来有人说，为什么00后更喜欢用QQ。原来QQ基本上是半熟人社交，只要加了好友的人都可以看见你的空间动态和留言，可以认识更多的人。

而微信是基于熟人，彼此不认识的看不见对方的动态。年轻人表达欲望更强，更能接受新鲜事物，同时喜欢交友。你没办法在同城搜索里随便找到一个人开始微信聊天，而QQ可以。

那会儿总以为朋友越多越好，也以为认识新朋友是一件很容易的事。可长大后才发现，朋友从来不在于数量，找到一个理解你的朋友实在不是一件容易的事。

我们花了很多时间参与各种各样的聚会，可每当委屈难过需要人陪的时候，翻遍通讯录也不知道该找谁倾诉。

在各自长大的时光里，好像把一些曾经那么要好的朋友给弄丢了。

我和昊昊认识好几年，每年过年回老家，总是在一块厮混着，一起吃烧烤、吃麻辣烫、喝奶茶、玩游戏、看电影、骑着电动车满城晃荡，抑或是坐在路边聊聊天，享受着惬意的小城生活。

可去年回家，却感觉有什么突然就变了。

我刚刚下火车，就开心地给他发微信说我到了，可他却只回了我一个"哦"；我还没觉得有什么，于是问他晚上来吃夜宵吗，他说"不了"。

第二天我问他有什么活动，他说不知道，我说出来看电影吧，他说可以啊。然后我买好了票，他照老样子来我奶奶家楼下接我，一路上我开心地和他说着这一年在上海的经历和变化，他嗯嗯地回应着我。

电影挺好看的，结束后问他去哪里吃饭，他说家里有事，要先回去了。我说那好，你先回去吧。我觉得有点不对劲，可说不上来是哪里。于是我就在路边自己一个人逛着吃着，感觉有些落寞，可既然他说家里有事，那我就当作有事了。

可接下去的几天，我再约他出来，他总有理由推托，所以那年的贺岁档电影，我也没看几部，那次离开，我也没和他说一句就走了。

离开老家那天，挺失落的，也不知道是哪里出了问题，上一次回家时两个人还玩得好好的每天腻在一起，怎么突然就仿佛变成了网友。那个随叫随到，总是可以在奶茶店点杯奶茶聊一晚上的朋友突然就不知道该聊什么了。

这事过去了半年，那天我写了一篇关于自卑的文章，他突然找我说，看完心情好了很多。

我问他怎么了，他说这大半年一直在家待业学习，其实挺迷茫的，加上看着你在上海混得很好的样子，就感觉更自卑了，但看到你说你也有自卑的那一面，才突然释然，刚刚去操场上跑了两圈，现在感觉好多了，谢谢你。

那一刻我才突然明白，原来过年时他的不对劲，是源自于我给他的压力，而我自己却没意识到。

身为他的发小，可是却没有真正关心过他，这样说来，是我自己的失职才对。总是把重心放在自己身上，忘了别人真正需要些什么。

我问昊昊，其实过年那天，看完电影你家里并没有什么急事要回去对吧？

他说对啊，只是突然觉得有点压抑，就先回去了，对不住啊。

话说到这，半年的疑惑方才解开。其实朋友始终在那，只是在人生的不同阶段，因为要面对的不一样，才有了态度的差异。

回想自己身边的朋友，有多少是因为这样而错过。太过在意自己的感受而忽视了别人的需求，总以为友情地久天长，回过头才发现原来友情也要好好维系。

真正的朋友，是在你身处顺境时，为你的成就鼓掌；是在你身处逆境时，陪伴你渡过难关。我不在乎你获得了多少鲜花与荣耀，只希望你过得好，如果不好，我来陪你一起变好。

只是，你别把我丢了就好。

慕课和亦谷曾是最好的朋友。高二那年，亦谷趴在教室外的栏杆上对慕课说："听说人这一辈子能交到5个最知心的朋友，就已经很不容易了。"

"那我是你那五分之一吗？"

"是呀。"

慕课和亦谷每天一起去食堂吃饭，吃完饭一起去操场散步，开晨会要站在一起，去做课间操也要走在一起，甚至连上厕所都会一起。慕课后来和我说："这个世上，能够一起相约蹲坑的，我觉得那一定是知心朋友了，不然和不熟的人一起，都会便秘。"

对这句话我深表认同。

可是后来呢。毕业后慕课到了上海，亦谷去了广州，亦谷认识了很多新朋友，慕课看着亦谷丰富多彩的生活，想评论，却不知道怎么评论，往往打了一大段字，最后都删掉了。

哪怕是点赞也很少了，怕让亦谷看到了自己已阅的踪迹，却无话可说的尴尬。

"慢慢的，好像那曾经无话不说的朋友，开始变得无话可说了。偶尔想到曾经关系好到一个人似的亲密，仿佛都变成了过去式。"

慕课喝完那最后一口拿铁，补充道："其实，我还挺想他的。"

我有几个玩得特别好的朋友，大学住一个寝室，上课同桌，一起旅行一起逃课一起做了许多疯狂的事。

为了庆祝我20岁的生日，我们临时决定去杭州。上了两节课便回去收拾行李买火车票订酒店，赶在当晚到了西湖边；为了参加一个公益活动，晚上22点坐着末班车进城，满大街地找廉价酒店，然后第二天暴走了50公里，以至于第三天我们都下不了床；为了庆祝我们大学毕业，我们各自揣着1500块钱，坐着最便宜的硬座火车前往遥远的云南，到了云南四个人挤在一个房间，第二天去吃廉价的路边小吃，跑遍古城只为找出最便宜的一日游攻略。

那时候的日子好快活，我们每天腻在一起：在宿舍玩三国杀、一起打游戏、考前一起疯狂预习加复习，下了晚自习去后街买奶茶、动不动还要找理由庆祝，去下一顿饭人均只要20块钱的馆子。

几乎所有四年的时光，我都是和他们待在一起，他们知道我所有的糗事和荣耀，只要一个眼神，便能彼此明白在打什么鬼主意。

还记得毕业酒会那天，本来还好好的，直到和涛涛碰酒杯那一刻，什么话还没说就抱着哭了起来，然后一发不可收拾。

就好像在一起四年之久的情侣，迫不得已的分开那样撕心裂肺。好像我们都知道，从此刻以后的人生，就像相交后的曲线，各自走远。

因为缘分，我们从全国各地来到这里，相识相知，每年寒暑假，我们拎着箱子说着开学见。可是这一次放假后，就很难再见了。

因为是本地人，所以往年放假，我总会拖到最后一个才走，因为总是想多陪陪他们，可毕业那次，我最早走，因为我知道我害怕那样的分离。

从曾经的无话不说，到后来的无话可说。我们从事着不同的工作，在不同的城市，认识不同的人，经历着不同的人生。

毕业后的第一年，涛涛结婚了——和他相恋5年的女友。我们几个死党分别从云南、上海、深圳到江西赣州去庆祝这段我们见证了四年的恋情修成正果。

所有人都没有变，都还像当初那样没皮没脸地嬉笑打闹，聊着曾经与近况，涛涛带我们去吃哈根达斯，那是我们四个人第一次吃哈根达斯的冰激凌火锅，一边喊着好贵啊，一边开心地拍照打开。

好像只要我们重新聚在一起，时光就不曾远去。

婚礼那天，我作为伴郎站在婚礼台上，看着涛涛唱着王若琳的《I love you》，那是他给新娘准备的惊喜，我们还在头天晚上特意在KTV练习过。

婚礼现场是哆啦A梦的主题，那是他们都喜欢的动画。你能想象整个会场都是哆啦A梦吗，真的是太浪漫了。

看着涛涛牵过新娘的手走过来，好像在那么一瞬间，才觉得大家都真的长大了，组建属于自己的家庭，然后有了各自的目标。

就像哆啦A梦不能一直陪伴大雄，我们也没办法一直陪伴彼此，但谁又能说哆啦A梦不是大雄最好的朋友呢？

同样，我们也曾是最好的朋友，陪伴过彼此最热血的时光，然后挥手告别，愿彼此安好。

读书的时候，每年都会认识许许多多的人，总觉得身边朋友很多，走了一个，又会有新的补上。

可以随时约到人一起打球、吃饭、看电影、唱歌……

可是再后来，就开始很难认识真正的新朋友了。

你会认识一群新的同事，可总觉得和同事一起出去玩会有所顾忌；

你会认识新的客户或是合作方，可你们认识的基础是利益互惠；

你会认识很多新网友，微信上的好友数也是每年增加，可很多时候，他们一换头像和昵称，你就找不到他们了。

这个时候，你会发现，你生命中那些重要的朋友们，那些曾有过无数欢笑回忆的朋友们，走着走着就散了。

我会时不时地想起曾经在操场一起玩老鹰抓小鸡的日子；

我会时不时地想起那年你陪我一起逃课的日子；

我会时不时地想起那些我们在学校礼堂通宵冒险的日子；

我会时不时地想起，所有在我生命里给我快乐的你。

虽然我们慢慢不再联系，甚至偶尔的谈话间也透露着几丝尴尬；虽然我不再给你评论，但你去过的每个地方拍过的每张照片我都仔细看过；虽然我不再是你的五分之一，但我仍然会记得那个晚上，我们看着星空畅聊；虽然现在我很少给你点赞，可是，我真的很想你。

虽然你们慢慢地消失在了我的朋友圈，消失在了我的生活中，可是在心中的那个角落，永远装着属于我们的记忆。

感谢所有陪伴过我的朋友们，谢谢你们，陪我疯狂了一整个青春。

我们像闪烁的星，努力地照亮黑暗

我还记得出考研分数的那天晚上，我在电脑前，一遍遍刷新着网页，等待着考研成绩查询通道的开启。我爸就那么一直站在我身边，我紧张得出了一手心的汗。

害怕每一次的刷新，每一次网页加载的等待时间都是那么的备受折磨。终于，颤抖地输完准考证身份证号后，成绩出来了，353。

我盯着成绩，不知道是该哭还是该笑，就那么愣愣地盯着成绩。我爸问我，这个分数怎么样，我哭笑不得地说，我也不知道啊。

妈妈叫我们去吃饭了。餐桌上，妈妈问我，考得怎么样？我说，还好吧，去年国家线是350，复试线也是350。反正，不算太差吧。

其实是一个尴尬到不行的分数。

不上不下，可能会过不了国家线，过了国家线也可能过不了复试线，过得了复试线也可能过不了复试。

去调剂吧，又是那么不甘心。准备复试吧，又怕辛苦准备最后却一无所得。

但其实无论结局是怎样，都松了一口气，一年的拼搏终于等来了属于自己的见证。好坏也罢，都可以坦然地接受了。

改变你所能改变的，接受你所不能改变的，就像我一直喜欢的那句话：

争之必然，得之坦然，失之淡然，顺其自然。

为考研而奋战的我们，就像迷途的星光，却仍尝试着去把黑暗照亮。

考研这条路，我从黑暗走到明亮，从迷茫走到豁然，从忐忑不安走到无所畏惧，当我走到尽头时，回过头才发现，原来自己早已收获到了自己想要的东西。

如果问考研带给我最大的收获是什么，并不是最后的结果，而是这一路的披荆斩棘。

整整一年的时光，每天坚持7点起来，数得清的几次想偷懒想睡懒觉，也不过是赖床到了8点。

因为考研，每天除了坐着就是躺着，很快就胖了起来，一下胖了20斤，于是下决心要去减肥，每隔一天的下午5点钟，一边吃着一根香蕉当晚饭，一边骑着自行车从图书馆去健身房，锻炼到7点半再回图书馆看书，看到闭馆回宿舍。

适逢夏天，雷雨现象特别多见，好几次锻炼完突然狂风暴雨袭来，还有似乎要劈到头上的闪电，于是一路上弯着腰狂踩着单车，加上迎面而来的大雨，眼睛勉强才能睁开一条缝，道路都快看不清，内心可以用恐惧来形容，特别害怕还没考试就被雷劈死了，或者骑到一个水坑摔在路边。

无论是健身还是考研，我觉得最孤独的时候是，你想要去的地方，想要完成的目标，没有一个人与你同路。

身为普通二本的物流管理专业，却要跨地区、跨专业、跨学校地去上海读翻译硕士，在当时很多人看来都是匪夷所思的，就连我自己，也是在纠结了一个月之后才下定的决心。

那天我爬上1号楼406，拿着楼长给的钥匙准备开门，提前来看一下即将住进来的宿舍。是向老师申请，几个考研的人重新搬进的一个空宿舍。我万万想不到，这次推开的门，将会改变我接下来的人生。

门不是被钥匙打开的，而是从房间内部打开的，一张脸映入我的眼前，一下有些蒙，退回去看门牌号，的确是406没错啊。

"您好，请问你是住在这里的吗？"

"嗯，对啊，请问你是……？"

"咦？奇怪，楼长说这是个空宿舍啊，我们几个考研的人准备换到这间宿舍来。"

"哦，这样啊，我们也是考研换过来的，不过马上毕业了，可能楼长记错了吧。"

一听到是即将毕业的考过研的学长，我立马就与他交谈起来。那个时候的我正处于见到考上研究生的学长就崇拜得要死的阶段，恨不得把别人成功的经验一股脑儿地吸收进来。

通过聊天得知，学长是英语专业的，刚刚考取了上海理工大学的翻译硕士。第一次听到翻译硕士的我，眼睛瞬间闪起了光，翻译硕士，好厉害的样子。而后得知翻译硕士（英语）居然不用考二外（第二门外语），天啊！这不正好适合我嘛！一点犹豫也没有，从与学长聊天，变成向学长讨教考翻译硕士的经验。

就这样，决定了要考翻译硕士。

时间往回倒两个小时，我坐在图书馆思索人生。准备考研一个月了，我开始质疑我考研的初心。我到底为什么而考研，当初觉得虽然一直不喜欢数学，但是每次认真准备之后，还是能有个好分数，所以决定拼一拼，考带着数学的本专业，物流管理的研究生。可是，这一个月以来，我似乎并不快乐。我一点也不喜欢数学，我还要走这条路吗？

其实下定决心要考研是早在高三毕业那个暑假，拿到大学录取通知书的时候。因为高考失利，家人又不想我去复读，于是刚够二本线的我来到了南昌工程学院，从那一刻起，我便决定要通过考研来证明自己。

大学前三年我参加各种学生组织、打比赛、旅行，做着完全与考研不相关的事情，但只有我自己知道，我内心要考研的决心，没有一天动摇过。于是从大三那年过完寒假，我便辞去了所有的学生工作，一头扎进了图书馆，开始近乎与世隔绝的一年。

虽然决定要考研，可我并不知道要考什么专业，对于未来，其实迷茫而焦虑。所以我干脆想起更远的未来，譬如10年后的我，希望自己能变成什么样。

于是脑海里出现了正在环游世界的我。那样随心所欲、自由洒脱去体验人生，才是我最想要做的事。从那刻起，想要环游世界的梦便正式埋下了种子。

为了让这个梦想更近一些，于是我在百度上搜索，毕业后能够环游世界的职业，发现了一个职业叫旅行作家，这不就是我以后想做的事吗，于是又搜到了对应的专业，创意写作，一个新专业，而且只有几所学校开设，还都是985名校。这意味着真题少，复习资料少，可供咨询的学长学姐也少，备考难度极大，怎么办？

心烦意乱，不知道该何去何从，于是决定回寝室，收拾收拾，换个心情，准备搬进新宿舍。却在这个下午，遇见了改变我人生的人，在那个下午，在学长的那个寝室，言语间，我的人生轨迹，就这么悄无声息地转变了。

这也是我现在才反应过来的，我把它称为命运，或者缘分。

在找到了我的命中注定以后，我坐在图书馆的每一刻，都是那么的充实与快乐。

我在那天的日记本上写道："终于找到了自己的兴趣所在，被我抛弃了4年的英语，这次不会再换专业啦！环游世界，我来了！"

我把梦想写在便利贴上，贴在我的床头，贴在洗漱台上，贴在衣柜上，每时每刻我都不敢放松，一睁眼，看到的，便是我的梦想，我真正体会到了每天早上被梦想叫醒的感觉。

那是我第一次发现，我可以有这么明确的目标，并且可以切实地通过我的努力改变自己的现状，去实现自己的梦想。

考翻译，便是我实现梦想的第一步，我必须走好这一步。

梦想的力量有多伟大，考研之路就有多艰辛。

把英语丢了3年，捡回来着实是一件不容易的事情。

打开单词书，彼此大眼瞪小眼，瞪了一会儿就想睡觉，那段时间每天早上都是昏昏沉沉的，背了困，困了醒，醒了继续背。在那个需要在短时间记住大量陌生单词的阶段，每天都是靠着毅力在坚持。

有时候背着背着，会突然想到，世界上那么多的单词，我怎么背得完啊！有一些瞬间，无助和委屈的感觉袭来，看着单词书竟莫名地想哭。

有次跟往常一样早上起来在自习室背书，按道理一小时应该背完的单词，我那天却背得出奇的慢，身体无力，于是趴到床上，一边背，一边睡觉，晕晕乎乎地完成了那天的任务。后来室友中午回来发现我还在床上，便给我量了体温，原来都已经烧到了38℃，我还拿着单词书在枕边看着。

那一刻觉得自己还挺牛的。更让我欣喜的是，考研结束那年，我的单词量从最初测试的3000一跃到了20000多，连六级的分数都提高了100多分。

后来的日子里，我都会想起那个发着烧还在背着单词的自己，那个出现在消防通道的楼梯上、自习室、升旗台前的草坪等安静无人的地方背单词的自己，把无数个琐碎枯燥的时光汇聚起来，成为日后每一次想要退却时最强大的支柱。

那些时光你都熬过去了，还有什么坚持不了的呢？

还有一件挺牛的事，那年暑假我一个人坐火车到烟台，再从烟台坐轮船去大连找武峰老师求学。

在大连求学的那半个月都住在青旅，男女混住的8人间一晚只要25块钱，早上再坐20站的公交车去上课。有天晚上，武峰老师请我们吃饭，撸串、烤腰子、喝啤酒……很久没喝酒的我吐了，走起路来都有点飘。聚餐结束后已经没有直达青旅的公交车了，也没有同学能送我，本来就没什么钱的我可舍不得打车，我强装淡定地和他们说再见，因为不想他们操心，所以一个人先坐轻轨再转公交，在轻轨上的时候，我扶着把手，靠着门，双眼无神地盯着车顶，脸色煞白，那时候我的脑子里只有一个想法，一定要考上啊，不然怎么对得起我这般付出。

后来再转公交车，下车后爬个山坡，终于到了青旅，然后没有洗漱就直接倒在床上昏睡过去。

那是我第一次在外面独自待那么长的时间，身边没有一个认识的朋友。我还记得有天回青旅的路上，碰到一个卖榴莲的，我狠狠心给自己买了一小块，边走边吃，边吃边流泪。

那一刻，我不知道是被食物的美味所打动而流泪，还是突然被自己的努力所感动而流泪。我只知道，我好像突然就长大了。

我开始享受这样的过程。我会在下课之后去星海广场啃着鸡腿看大海，还会在公园一个人去玩10块钱5次的碰碰车，好像也没有那么难熬，只要自己不觉得孤独是一件辛酸的事，那么身处孤独也未尝不是一种幸福。

后来离开青旅的时候，我已经和青旅的义工们成了朋友，他们借给我他们的制服，然后和我一起拍照，照片里的自己笑得那么开心。

有时候觉得那时候的自己挺厉害的，像一个战士一样，独自征战，哪怕前路坎坷，也依然学会享受其中。

从大连回学校图书馆后不久，中秋节到了。

因为就在本地上学的原因，家离学校的距离开车也不过20分钟，所以就算我上大学，中秋也是每年都回家团聚。

而考研的每一天都不舍得浪费：多睡半个小时的午觉、同学聚餐而不能看书的夜晚、突然要求开会或办事的下午，等等，除了吃喝拉撒睡以外的所有不在图书馆看书的时光，都觉得是对自己的不负责任。

于是，从那年的3月开始，除了清明节回家祭祖以外，一直到12月，都没有回过一次家，哪怕是漫长而炎热的暑假，抑或是阖家团圆共同赏月的中秋节，尽管家就在几公里以外的地方。

并不是不想家，只是家里太舒服，爸妈烧的好吃的丰盛饭菜，舒适柔软可以打滚的大床，急速的无线网络，凉爽的空调房，还有电视冰箱厨房。这惬意的一切，就导致了我无法在家里安心看书复习，索性就在学校待着。

但节日还是要过的，何况是中秋节，我和我的室友兼研友——波，以及他当时的女朋友，决定一起去学校对面的后街吃一顿好的。

就这样，5点半，大家都离开图书馆去吃饭的时候，我们也起身走出图书馆，向着学校外走去。每天的难题之一，无非就是吃什么的问题。走到后街，转了一圈也不知道吃什么，波有些急，想着要回去看书。于是我们选择了并没有什么特色的炒菜店，炒的什么菜我已经不记得了，只记得因为中秋，即使我们挑了一家并没有多少人的店但是依然上菜很慢，波几次去催菜，他吃饱之后，就站起身来，看着我们吃，看一会儿，转一个圈。

看得出他是真的很着急，就像我刚刚说过的那样，除了吃喝拉撒睡以外的所有不在图书馆看书的时光，都觉得是对自己的不负责任的表现，放在波身上，就更为严重，如果图书馆可以洗澡睡觉的话，我估计他应该很希望直接就住在图书馆。

曾经有一个同学告诉我，他看到波在图书馆外面跑着步，很着急的样子，就问他去哪里。他说，去上厕所。然后不见了，过了一会儿，又跑步回到了座位前。

波一直站着看我们吃，虽然并没有催促我们，但是我们都知道，他又着急了。看不到书本的焦虑让他想立刻回到书的海洋中去。

于是我赶紧加了一碗饭，扒了几大口，结账回学校图书馆。

原本还想喝点小酒、聊会儿天，好好放松一下的呢。

那晚的月亮特别美，那么亮，吃饱了的我本还想提出一起散散步，赏个月什么的。想了想，还是活生生地咽了回去。

那天晚上，我在日记本里记录下了这个中秋。记录下，为了复习，匆匆吃了个饭，却连赏月都没有时间，但这对于我们来说，已经是平日里生活的调剂了。

那晚的日记本里还有一句话，写着：

一定要坚持下去，不然怎么对得住这外面明亮的月亮，家里的父母，还有惜时如金与时间赛跑的自己。

考研的那段日子最让我痛苦的是你不知道自己到底行不行。

没有考试，没有老师，没有同伴，没有模拟卷，甚至，没有标准答案。自己翻译出来的东西总是和答案相去甚远，我不知道自己到底是个什么水平，更加不知道，一起竞争的人是个什么水平。

突然好怀念高考，不像现在，一个人的兵荒马乱，面对无垠未知的战场，我自己和自己厮杀。

于是我在我的床上、书桌、洗漱池，都贴满了各种鸡汤，各种豪言壮语还有缩略语和谚语。就比如，生前何必久睡，死后定会长眠；出国旅行，环游世界；当一个人决定了目标并为之奋斗，世界都会为他让路；你一定会考上的之类。

现在回想起来，当时完成了那么多不可能的任务，看了那么多本书，背了那么多单词，做了那么多习题，那么长时间的早起也没有所谓的休息日。这一年，有过多少迷茫和无助，每天穿梭在图书馆、寝室和食堂，雷打不动的作息时间，换过专业，换过学校，唯一没有变过的，是一颗想考上的心。

很多人在考完以后问我，听说很多人说你就是考着玩玩的，我笑一笑说，对啊。

可只有我自己知道，我为了一个梦想，已经拼尽了所有力气。那与梦想比肩的300个日夜，成为我日后最光辉的岁月。我的分数比学校的复试线就高了1分，复试就算是表现正常都会被刷，只有超常发挥才能被录取。

复试之前，我都做好了去澳大利亚工作旅行一年的打算。我是抱着最后一次去上海海事大学的心态去复试的，等我到那的时候，吹着海风，我忽然觉得，一切都值得了，不管我最后能不能被录取，不管我能不能得到一个满意的答复，我走到了这儿，无论是不是能继续走下去，我无悔这选择。

复试完，躺在上海海事大学图书馆面前的大草坪上，看天上的飞机飞来飞去。离机场很近的原因，飞机似乎就在头顶飞过，我能看到每一架飞机所属的航空公司。天很蓝，云很白，一团团的，云卷云舒，东海边上的天空，原来是这个样子。

最后的结果是我从初试的第77名，到最后的综合前30名被录取，还拿到了新生二等奖学金。

读研的过程又是另外的故事了，但考研的故事就写到这里。

如今硕士已经毕业几年，回想这段经历，依然会被自己所感动。后来很多学弟学妹问我关于考研的事，最多的问题就是没考上怎么办?

　　诚然，结果很重要，大家都希望自己能有个满意的结果，但什么是满意呢？一定是录取这个结果本身吗？

　　在我看来，不是的，因为这不过只是人生的又一场考试罢了。

　　你可能会说，这是我考上了才这么说，我要没考上，指不定该怎么后悔遗憾呢。但谁又能说准，没考上的人生不会比现在更加精彩呢？

　　当时我连去澳大利亚工作旅行签的资料都准备好了，就等着没录取之后去澳洲旅居一年。如果我真去了，是不是现在又是另外一番模样？

　　所以我相信一点，所有的一切都是最好的安排。

　　人生当然会有遗憾，但有遗憾的人生才更值得回味，会在若干年之后，幻想当时的另外一番场景，如果当时……，那么现在……。给人生多了许多未知且不能实现的场景，才有更多余味去品味。

　　我把考研这一年的心路历程详尽地展现在你们面前，并不是和你们说考研应当如何备考，而是希望我们无论在什么时候，都要有为了一个目标而拼尽全力的决心和勇气，这不是一件容易的事，因为可能一无所获。

　　但只要尽力去做了，那么就一定会有所回报，可能不在当下，而是在将来会以让你意想不到的方式，给你更多的惊喜。

　　这就是人生有意思的地方，充满无限未知，也因此而有所期待。因为每一个努力的我们，就像那迷途的星光，依旧想要把黑暗照亮，划出属于我们自己的彩虹。

第二章

余生不长，要活得漂亮

我们决定不了我们生活的环境，但我们能改变对生活的态度。正如那句："房子是租来的，生活是自己的。"哪怕是租来的房子，也依然可以把生活过成自己喜欢的样子。不再抱怨周遭的一切，去改变，去践行，你会发现，其实生活可以很有趣。

因为无所畏惧，所以威风凛凛

是什么时候发现自己越来越不酷的？大概是发现自己越来越不勇敢的时候。害怕丢失已有的所以不敢追求想要的，不敢再说走就走，也不敢再全力以赴。

也正是从不敢开始，我们与自己的青春渐渐告别，因为在我看来，青春就是一场说走就走的旅行、一次奋不顾身的爱情，和一场淋过还想再淋一次的大雨。

后来我们的旅行都提前很久订好机票、爱情都带有目的、大雨更是不敢再淋，学会了过日子、做打算、自己照顾自己。越来越居家也越来越注重养生，这很好，说明我们都在慢慢长大。

可是，长大后的我们却越来越不酷了，所以当我们每次看到身边有朋友做着很酷的事情的时候，都会由衷地羡慕与向往，可向往归向往，热血了几天，想好了辞职可到最后还是过着日复一日的生活。

可有些人不会止步于向往，他们想了便去做，哪怕准备不全还有很多意外，但一旦出发，后面的一切就简单多了。独舞和丸子便是这样的人。

独舞是我在上海第一次和自媒体的同行们吃饭时认识的，2016年的夏天，在淮海中路，逛完了最大的MUJI（无印良品）之后，吃了旁边的烤鱼。

那时候的她来上海不久，夏天的上海很闷热，她和另外两个女生挤在一张床上，睡在中间不敢翻身，更惨的是，来上海的第一天就在地铁站把钱包给弄丢了，身份证银行卡都没了。后来在一家培训机构工作，每天用自己的业余时间写写文章。

看上去很文静的小女生，没想到却在一年后做了件让我意想不到的事。

她突然申请了澳大利亚的WHV（Working Holiday Visa，工作旅行签证），就是可以在澳洲边打工边旅行一年的签证，辞去了已经月收入过万的工作，丢下上海的一切，去了澳洲。

我后来一直关注着她的动态，从她那看看澳洲的生活，因为这也是我曾经向往的生活，本打算着考研失败了就申请WHV给自己来个间隔年，可我至今仍在上海。

更让我惊讶的是，她在这样一场大冒险中，遇到了她的真爱。

她在去澳洲之前上网搜攻略，在微博上认识了一个作家小哥哥，有一搭没一搭地聊了起来。

用她的话说，那个小哥哥是出过两本书但是不红的青年作家，写了十几首歌但不火的独立音乐人，申请了二签还要去澳洲流浪的WHV。

她是这样形容他们在一起之前的情景：

后来，他一有空，就带我出去玩，去青旅的顶楼看整个墨尔本的夜景、去海边看夕阳、在夕阳落幕后看小企鹅……还会在天气晴朗的时候，开车带我去短途旅行，在左边是海、右边是大草原的公路上听着音乐，看着成群的牛羊和骏马。他还会背着吉他，在公园里给我弹唱那首他作词作曲、为我写的歌。

于是，在他生日那天，他给我弹唱了一首《You Belong with me》后，我就成了他的女朋友。

当这种浪漫又富有诗意的画面真实发生在了朋友身上时，才发觉原来童话真的不只是童话。

当看到独舞写这就是她想结婚的那个人时，忽然觉得，真好啊，真心希望他们结婚生子，然后过着平淡又精彩的余生，和他们的儿女说着曾经的浪漫。

就像童话故事里，公主和王子会幸福到永远。

如今，一年的WHV已结束，她申请了学习签继续留在澳洲，一边打工，一边旅行，一边学习。

和我同年的她足迹遍布了澳洲的各个州，和朋友合伙发起了一个旅行项目，甚至买下了属于自己的房子。

爱情之外，她的生活也依旧充满着高光时刻。

而另一个人生充满高光时刻的，是一个叫丸子的女生。

认识她是因为之前一直和我拍视频的学长浩子有天晚上突然和我说，他即将和一个旅游博主进行为期三个月的横跨中东非的旅行。

一开始我以为是一个很大型的项目，后来才知道，这是一个没有赞助的，只有他们两个人的，全程当沙发客的横跨旅行。

很难想象，这是一个25岁的女生提出来的想法，而且他们就真的这样去做了。这个女生，就是丸子。

2016年丸子大学毕业，当全家人都想要她考公务员，享有一份安逸稳定的生活时，她反其道而行，迈向了未知的远方。一个人背着一把尤克里里，游历178天，途经泰国、马来西亚、印尼、斯里兰卡、印度、越南、缅甸等国家。

于是，她成了一个"旅历"丰富的丸子。在墨西哥打过车，亚马孙坐过船，尼泊尔徒过步，巴厘岛冲过浪，泰北野过营，哥伦比亚、古巴街头卖过唱，在斯里兰卡骑摩托车环过岛，阿根廷学探戈，写过文案，做过领队，也当过代购，总之上天下海是变着法地折腾。

会说中英西3种语言，8年书法，自学吉他，写歌画画，听上去还算一个有趣的人。

24岁那年，她实践了一场中南美洲之旅，332天，穿越古巴、墨西哥、危地马拉、哥伦比亚、厄瓜多尔、秘鲁、玻利维亚、阿根廷、智利等11国。如今她25岁，便有了"横跨中东非"从土耳其一路睡到摩洛哥的沙发客vlog（视频博客，video weblog的简称）计划！

写这篇文章的当下，他们已经玩遍了土耳其，如今在埃及看着木乃伊，就连我的学长浩子，都在埃及考起了潜水证。接下来还有彩色的摩洛哥，和神秘又浪漫的撒哈拉沙漠。

不知道有多少人和我一样，喜欢撒哈拉是因为三毛，是因为那一句"每想你一次，天上飘落一粒沙，从此形成了撒哈拉"，是因为他们的爱情。

也因此，我对每个去过撒哈拉的人，都非常欣羡，就好像他们也像三毛一样大胆果断，总能把生活一点点变成自己喜欢的样子。

我至今仍然记得三毛写的她在撒哈拉生活时，把隔壁坟场里别人不要的棺材板拿来做桌椅板凳的事，生活很苦，可他们却生活得很甜。

丸子也是一样，他们的视频里总是会出现很多有趣的人物。在他们的视频里，除了歌声，最多的便是那没心没肺的笑声，好像只要看着他们，心情就会变好很多。

文章看到这里，可能会有很多人说，那她们家一定很有钱吧，不然哪有这闲钱出去玩都不用工作。

但其实无论是独舞还是丸子，生活从来都不富裕。

独舞在没有任何offer（offer letter的简称，录取通知书）的前提下独自来上海闯荡，工作很拼，每天加班到凌晨，所以工作一年就有了月入过万的收入。后来孤身前往澳洲，大半年的时间在那边打工赚钱，做着最基础的工作，例如收银员一类的工作，还要熬夜写稿赚钱，所有的开销都是她靠着自己的努力赚回来的。

而丸子也是这样，毕业三年，存款永远不到两万，却一直在路上。靠着打工换宿省下住宿费，加上代购、众筹和自媒体，收入也就勉强与日常花销持平。

不是富二代的她们，仅靠着自己的力量就过着无数人向往的生活。钱从来都不是最关键的，可我们总以为钱就是关键。

也因此，在生活中我们常常听到有人说：

"等到有钱了，我就……"

"那有什么了不起，我有钱我也可以。"

"不就是有钱吗，给我钱我也可以做到。"

……

往往说这些话的人，从来都不是因为缺钱。钱只不过是不够勇敢的借口而已。要跳脱出自己的舒适圈，不是有钱就可以做到的。

给他一万块，他也不敢买机票，大抵是存进了余额宝里。

存着嘛，万一有什么突发的事情呢。大多数人总是这样思虑着。

所以我们总是羡慕着别人的人生，可真有机会让自己去体验的时候，退缩胆怯怕是占了多数。

最近这些日子，我发现我也开始处于这样一种束缚和思想之中了。

毕业一年，月薪过万，可却还不如当时读大学时，一个月生活费600元的时候酷。这样的自己，不知道在什么时候就丢了当时的勇敢与果断。

就比如说，如果我当时没考上研究生，我真的会去申请

WHV，就算申请了，我又真的会去吗？

很难讲。

光是想想一个人去往陌生的大陆，异国他乡，连一个朋友都没有，遇到点什么事怎么办？被偷被抢遇到坏人怎么办？脑海里的恐惧占了大半，而对于未知的期待就少了。

很多人会说，不敢出国是因为英语不好。可即使是翻译硕士的我，也会害怕出国，但不能找借口说自己英语不好，那就只能说是担心安全问题了。

你看，我们总会有借口。

不去的理由有千百种，我们是擅长找退路的动物。

回想大学时，穷游了20多个省，坐硬座、住青旅、吃街边摊、逃票（不要学）、翘课（也不要学），每次出去都把开销压缩到极少，可却从未因为贫穷而觉得自己低人一等或是不快乐。

在路上的日子是充实有趣的，那时的我在别人眼里是酷的。

因为无所畏惧，所以威风凛凛。

而当自己开始面对这个世界的时候，顾虑、担心、恐惧、懦弱就都显现了出来。表现得很强大，可明白其实并不是这样。

所以这才明白，为什么说青春是一场说走就走的旅行、一段奋不顾身的爱情和一场说淋就淋的大雨。

因为长大后才知道：旅行不能说走就走，至少要提前一个月准备；爱情也不再奋不顾身，因为会考虑得失利益；大雨也不能随便乱淋，因为感冒了会很麻烦。

你看，长大后，就开始变得不酷，不洒脱，不随性了。

所以我们才羡慕别人的诗和远方。

看到别人把日子过得未知而充满变化，才觉得当下自己的生活琐碎平淡，可又不敢改变。即使还不能改变，但至少，别再给自己找那么多借口：不是因为穷，不是因为英语不好，不是因为怕挂科，不是因为怕没有工作，就是因为自己的胆小而犹豫。

所以过不上自己想要的生活，也是自己一手造成的。没什么好抱怨的，勇敢点，或者，一点点勇敢起来吧。

岁月已往者不可复，

未来者不可期，

见在者不可失！

祝好！

房子是租来的，但生活是自己的

自打决定留在上海工作以后，就有无数的人问我：你在上海生活，以后房子怎么办？上海房价那么贵，你买得起吗？

　　我不是没有考虑过，但我觉得比起以后的房子和稳定，当下的生活更值得我花心力去思考，小到吃喝玩乐，大到工作旅行，比起所谓的稳定和住房，眼下认真且不遗余力地折腾，让我更真切地感到青春的热血。

　　也因此，敢于折腾，被我认为是青春还未老去的标志；而一旦开始害怕改变，贪于安逸，便是真的老去。

　　我很喜欢的一部电影《实习生》中，年近70岁的本曾经是一名商业精英，退休后觉得生活索然无味，于是重新参与企业面试，仿佛回到了刚刚毕业时，成了一名实习生。面对几乎全新的工作内容，他丝毫没有觉得困难，反而感觉新生了一般，重燃了对生活的激情。

　　影片落幕，给我印象最深的，居然是本的眼神，似乎所有的剧情都虚化，只留下那双炯炯有神的眼睛，从中透露着对生活的热爱。

　　愿意折腾，不贪图安逸，敢于改变，这样的本，我认为依然青春着。所以，影片给我最大的感动是来自于那份勇气，一份从零开始的勇气，一份不怕失败，不怕丢掉已有的尊严与骄傲的勇气。

　　多少人，早在二三十岁时，就已经丧失了这份勇气。想着自己能不能在城市立足，想着自己能不能买下一套房，想着自己该找怎样的伴侣。可是，该怎样度过属于自己的真正的人生呢？

　　不怕世俗压力，真正去做一次自己。而那样的人生，和金钱、声誉、工作、房子、户口等这些有关系吗？有，但并不会因为全都拥有而真正实现自我。《实习生》中本眼里的成功，或许并不是你想要的人生。

所以，即便房子是租来的，但那是我想要的，便是我愿意热爱的生活。

毕业之后到如今，我已经搬了三次家，虽然每每搬家都身心俱疲，可是当我搬进新家，收拾布置好之后，感觉一切都全新开始了。是那种把所有不要的，不舍得却无用的，甚至是过期的人和事都扔掉之后的全新开始。

我在上海的第一个家，是月租2400元的单身公寓，整个小区都是由老工厂改造来的，我那一栋一共就只有两层，我住一楼，白色的外墙，居然颇有几分民宿的感觉。一张床、一张桌子、一个衣柜、一个沙发、一个吸油烟机和一间浴室，有近乎一整面墙的窗子，窗外是大树，门口朝南，夏天的时候把窗子和门都打开，穿堂风吹过，到了夜晚居然还有几丝凉意。唯一的缺点可能就是蚊虫也多了点，但装上纱窗点上蚊香，便也不碍事。

从学校寝室搬来的东西并不算多，就几个麻袋几个纸箱子，从此便正式开始了在上海的打拼生活。

我还记得第一晚我是直接睡在了床垫上，连四件套也懒得铺，拿了被套就当毯子盖在肚子上，点上之前在无印良品买的香薰，滴上香橙味的精油。初夏，独居的夜晚，没有觉得一丝害怕，却是对未来充满了期待。

房子逐渐被一点点填满，有了点钱便去商场或淘宝买一些心仪的家具，然后就有了地毯、懒人沙发、投影仪、小冰箱，买了花瓶也养了些绿植。更神奇的是，一向怕狗的我，居然养了条柯基，我给他取名叫突突。大概是因为这份突然的惊喜给了我很多意想不到的改变。生活也因为这小家伙的加入而充满了喜悦。

后来大多数在家宅着的日子，我会抱着我家的狗窝在懒人沙发里用投影仪看一部电影，有时候会给自己倒上一杯酒，喝多了我就睡觉，然后被狗狗舔醒。

看着狗狗从手掌那么大长到一个手臂那么长，仿佛有种看着儿子长大的为人父的欣慰，更多了几分时光易逝的感叹。

这才不到一年的时间，狗狗就变化这么大，而我也逐渐退去了青涩，带上领带，成为大人模样。

第二次搬家仍然是在这个小区，只不过这一年的时间，小区规模扩大了不少，好多之前的老厂房也陆续改造成公寓，我就搬进了一直向往的Loft，窗子朝南的格局，天晴的时候阳光洒在楼梯上，狗狗就会趴在楼梯上晒太阳。

小区中央的广场也建好了，突突在这片广场上认识了很多新朋友，天气好的时候就看着它们在草地上嬉笑打闹，而我们这些做"父母"的在一旁聊着狗子、工作，甚至是小区的八卦。

就在这样的遛狗聊天中，甚至是微信群的聊天里，认识了一群有爱的人，度过了我本以为会很苦很孤独的租房生活。

我在这里认识的第一个人，便是棒棒糖的妈妈，一个来自我国台湾的姐姐，而棒棒糖是一只胖胖的博美。

那个周末我在家里开着门打扫卫生，她们路过我家门口，看到笼子里的突突，便很激动地问我能不能进来看看它。

后面的日子里，姐姐对我们特别好，周末的时候会问我有没有吃早饭，给我送来一碗她自己做的绿豆汤，还有在隔壁菜场买的小笼包和生煎。

自从菜场拆了以后，好像很久没吃到那么可口的小笼包了。

那天棒棒糖3岁的生日宴，邀请我和突突出席，抱着突突又认识了一群人，突突在每个人的怀里兴奋得不像话，很喜欢舔我隔壁邻居的耳朵。

隔壁的第六户住着一只金毛，叫Gingko，一只会自己溜自己的大聪明，特别暖，会安静地坐在你身边陪着你。他的主人乐仁就在我隔壁的迪卡侬上班，会滑滑板和茶艺，精通英语日语和日本文化，总是会喂突突吃的，性格温和又博学。

再往右边我们叫他刘总，大高个，人其实很暖，没有养猫狗，却能在春节的时候留在村里照顾Gingko，上班和我在同一座楼，经常会顺路把我们带去公司。

我的楼上住着一只法斗叫拆拆，突突的好基友，突突小的时候一开门就往楼上跑，去找拆拆玩，两只小短腿在一块追逐打闹还挺有意思的。

斜对面的E栋住着一个叫Does的女生。我即将出国旅行，在还不认识我的情况下，愿意帮我照顾没人管的突突，我也很放心地把房卡交给她，就有了后来的相熟。

　　这是一个很传奇的女生，教画画会文身，自己创业开工作室，家里养了8只猫、2条狗，大多数是领养或是收留的，愿意尽己所能去照顾每一条生命，会为了流浪猫狗而心疼不已，直爽而充满爱心。

　　同样住在E栋的还有郑滚滚，我们都叫他滚总，因为他在群里说有没有人想吃免费蛋糕而认识的。上个冬天，我们还一起每天早上在小区的健身房健身，别提多励志了。当然了，最后我们俩都没练出理想身材，但友谊却是升华了不少。

　　不再是我去他家拿免费蛋糕了，他会把刚刚做好的蛋糕，或者是一碗热气腾腾的汤端过来。我还记得那时候刚刚过完年，看到那碗排骨汤的时候差点流下眼泪。

　　你会觉得，怎么会有一群这么好的邻居，愿意互相照顾，彼此帮助。

　　还有曾经在小区卖晚饭的橘络，卤的猪蹄特别特别好吃，好吃到无与伦比，还会做卤肉饭、炸鸡翅、红烧土豆饭，重点是吃起来都有一种家的味道。

　　笑笑妈（笑笑的主人，笑笑是一只柴犬）经常在我的微信公众号留言鼓励我，还会很贴心地借我爱奇艺的VIP（高级会员）。

　　哈乐是另外一只柯基，特别乖，出门从来不用绳子。周末的时候经常放在我家和突突一块儿玩，敢上楼不敢下楼，会主动跳到你的怀里求抱抱，特别可爱。

　　还有chen，是因为买早饭而认识，然后邀请去她家和她男朋友一起吃饭，在去年元宵节的时候还问我有没有吃到元宵，然后给了我一袋肉味的元宵。

会调酒的小哥哥在我这里买走了一大堆的速溶咖啡，才知道他下了班之后是在金桥的天桥上弹吉他的歌手。

第二次搬家后，认识了隔壁的两个小姐姐，她们也养了一条狗叫皮皮，曾经私下称皮皮为突突的童养媳，也总是能听到她们在房间里很生气地喊皮皮的名字，这个时候一般是皮皮做了坏事，比如上一次是吃掉了小姐姐的一块拼图。

和小姐姐们的相处也很融洽，串门这事也经常发生在我们身上，一般是因为皮皮站在我家门口不走，想要进来玩。

还有个小姐姐养着一条叫Lucy的阿拉斯加，眼看着Lucy从小长到大，从10几斤的小圆滚滚到现在的几十斤的大圆滚滚，每次看小姐姐在群里发Lucy的视频都觉得特别治愈。

还有卖花的小姐姐、卖手工甜点的小姐姐、卖奶茶的小哥哥、给我拍照一起拍抖音健身的Kary、为每一个村民着想的管家淘气姐、做代购一起拼榴莲的夏天、会做干花有着好厨艺可是我没吃到过的小可爱……

曾经我们在小区会互相打招呼问候一声吃了吗，而现在小区即将一间间地空出来，熟悉的人一个个离开，然后不会再回来。

像极了毕业季。

大家拖着箱子离开，你听着轮子在地上滚的声音，就知道又有一个人离开了这里，而且可能再也见不到了。

我很难想象，自己会有一天对自己租来的地方如此不舍。

别人都说，房子是租来的，生活是自己的，房子是租来的没错，可这里共同上演的生活，是彼此给予的。

在微信群里随便吼一声，能借来充电线加湿器或是一头蒜，总能找到帮助你的人，你也很乐于去帮助别人。

我还记得那天晚上小区停电，楼上的小姐姐下来看什么情况的时候，发现我没有应急台灯，主动把自己的台灯送了过来，还有几根蜡烛。

那个点着蜡烛的夜晚，温暖了很久的黑夜。

还有无数个这样的时刻，汇聚在一起，成了青租界。每次有朋友要来，我都会很自豪地和他们这样介绍：

离周边3个大商场只要打车的起步价，外卖什么都能点到，旁边就有6号线和12号线，小区里有很多狗子可以随意撸，还有人会带着猫猫出来溜，邻居人都特别好，物业管家也不错，曾经旁边还有很多小吃和菜场，一期门口的麻辣烫会在你深夜一个人吃的时候陪你聊天，除了电费贵一点，附近的环境差点以外，也说不上什么太大的缺点。

找房子那段时间，听到一句话是这样说的，住惯了青租界的人，很难再找房子了。

3000块钱能住到一个Loft，2000块钱能有一方属于自己的带厨房卫生间的天地。它包容了所有人的艰难，也同时给予所有在上海的我们一些可能。

或许是青租界的存在，让我走进社会的日子里多了几分温暖，不管遭遇多大的委屈，回到这块天地，只要小卖部和小饭店的灯还亮着，就会有块属于你的地方等着你回去。

你发现上海，并不会居不易。

虽然我们都离开了那里，可是我们曾经相聚在一起给予彼此的温暖，让我们每个人都对这个城市有了几分爱意与回忆。

离开青租界以后，依然选择了单身公寓，哪怕电费水费贵了点，但因为看中了全新装修刚刚开业的小区，更因为浴室里的浴缸，便成了这间屋子的第一任主人。

喜欢浴缸大概是小时候就有的执念，喜欢把自己泡在水里假装自己是一条鱼。加上前不久看作家江国香织在《下雨天一个人在家》中多次写到她对于浴缸的喜爱，比如对于新婚住所，没有别的要求，只要求丈夫给自己一个浴缸，浴室里还要有一扇小窗户，可以从浴缸里看到外面的天色，这样，在浴缸泡一整夜也不会错过早上的第一缕阳光。

她从小就喜欢泡在浴缸里，在浴缸里看书写稿，她妈妈甚至每天早上要来浴缸确认她是否还活着，虽然有些夸张，但足以见得浴缸对于她的吸引力了。

即便多次向家里要求装修时要在浴室放浴缸，都被父母以占地方、不常用而拒绝。因此，难得碰上有浴缸的屋子，便决定住上一年。也因此，真切体会到了浴缸的美妙。

　　每天工作或是锻炼到全身酸痛时，会倒上一杯红酒，敷一个面膜，打开音响，放着喜欢的歌，在浴缸里放上喜欢的浴盐，这样就连浴缸里的水都能因心情而改变，今天是蓝色的，明天或许就成了红色，尤其是在冬天，把整个身子泡在水里，就那么静静躺着，什么都不用想，就惬意到了极致。什么烦恼、焦虑、压力都丢到了一边，此时此刻，就只有一个我，什么都不用想，只是感受这水的温度，音乐的节奏，空气里弥漫的雾气和浴盐的香味。

　　有时候甚至会在浴缸里睡着，睡醒之后清醒无比，整个人的状态会好上许多，全身热乎乎的，钻进被子里，不开空调或电热毯，都暖洋洋的，仿佛被阳光包围着。是那样的轻松而自在。

　　我想，这就是租房对于我来说的意义吧。

　　断舍离之后的搬家，让自己看清该放下或丢掉什么。全新的住宅给了自己一个重新开始的机会，就连房屋格局和地理位置的选择，都让接下来的生活有了许多改变。

　　不是一成不变的稳定，而是会有多种可能的未来。

　　会认识怎样的人，和邻居又会发生怎样的故事，不担心房贷，也不怕无家可归，做好了随时清零的准备，也有可以说走就走的勇气。

　　我想，正是租房的不稳定性，才让我懂得珍惜现在生活所有的美好，因为我知道我不会长久拥有，所以更珍惜每一秒的相处。

但也不会因此而敷衍度日，给自己买好的家具，把房子装饰成自己喜欢的样子，因为我知道我值得更好的生活，也才有动力去创造更好的生活。

穷的时候就住差一点，手头宽裕的时候便住好一点，每一刻都有每一刻的欢喜，这才是我喜欢的生活。

在旅行里，寻找不同的自己

如果说我身上有什么标签是我一直想要保留的话，那么旅行博主一定是其中一个。工作以后很多东西都在变，但唯有一直想当一个称职的旅行博主的决心没变，所以自学摄影、剪辑、拍照、修图等，为的就是有那么一天，用我的文字和照片带你们去看这个精彩的世界，让你们也能知道，这世界到底有多么精彩。

所以这次，我想和你们说说旅行这件事。

截至目前（2019年4月），粗略统计，我的足迹遍布了中国的22个省，62个城市。至于国外的话，大二那年在荷兰交换学习，顺便去了德国、比利时和法国，后来每年跨年会去一个地方，泰国的曼谷一线、清迈和甲米岛以及印度尼西亚的巴厘岛。想去的地方还有很多，都写在了我的计划里。

　　可工作后才发现，出去玩一次太麻烦了，提前请假、交代工作、做好计划、在特定的时间出去、再赶在截止日期前回来。甚至很难再有一趟称得上流浪的旅行，更别提说走就走了。这个时候才反应过来，原来学生时代去浪的那些时光，都是那样值得。

　　看上去不务正业的时光，却是日后回想起来最自由的日子。很多人说，有时间的时候没有钱，想出去玩但是没有钱，但旅行这件事，和钱的关系真的不大，只是看你敢不敢而已。

　　其实很多人就不敢迈出离开家门的那一步。越是稳定，就越害怕改变，害怕出远门，害怕未知的环境，害怕人生地不熟，害怕舟车劳顿，还害怕语言不通，害怕遇上危险与坏人，害怕麻烦，害怕制定攻略……

　　我们只是随口用没钱来当借口来掩盖自己害怕的内心罢了。

　　我们总是下意识地去做一些主观臆断，比如说我们看那些经常出去玩的人，就觉得他们是富二代、家境肯定很好，普通人肯定去不了这些地方。甚至觉得如果自己也有他们一样的家庭，肯定玩得比他们还疯狂，诸如此类。

　　且不说爱旅行的人家境到底如何，假设给你一万块钱，你会用它去感受一次世界，还是去感受买买买的喜悦，抑或是放在银行里存起来。

　　其实大多数人的答案是不会选择旅行的，好像钱就这样浪费掉了，不如存在银行里来得踏实。

　　你看，其实有钱的时候，大多数人也不会选择一场麻烦的旅行，而只是一边酸着别人的潇洒，一边过着自己的苟且。

人穷的时候要不要旅行，我曾多次和朋友讨论过这个话题。有许许多多的人常常乐于用钱买烟买酒买衣服买化妆品这种实际的物品，而不愿意省出一笔钱用于旅行，觉得旅行一趟就等于少买了一个包，而一个包和一场旅行，谁更重要？倒不是说一定要你把买东西的钱用来旅行，只是我认为，旅行这事，即使麻烦，即使看上去浪费钱，可一旦走出去了，才知道到底什么才是对生命的浪费。

关于穷游，我要讲一个我室友的故事。在我们那个叫学院的二本大学，同学们大多来自各城镇和乡村，而室友波的家庭条件，在这些同学里，都算不上好的，甚至，是有些令人心疼的。

我们一起去食堂吃饭，波基本上是点一个蔬菜，然后一块钱的饭。暑假留校考研的时候，波去做兼职。我们本科学的是物流管理，于是他找到了一家快递公司，三班倒，分给他的是夜班，从晚上到黎明，每天下午坐车去上班，下班了以后头班公交车还没来。

波的衣服很少，衣橱总是很干净，鞋子也经常是淘宝爆款，挑便宜的买。有一年过年，波直接把我的衣服穿回去过年，有一天，我们的小微信群里发来一张照片，他穿着我的衣服，围着做饭的围裙，右手拿着锅铲，左手比着剪刀手，一脸傻笑，我也不自觉地感到特别开心和幸福。

波和母亲一起住，母亲在乡下，所有的生活费都靠母亲一个人。我似乎没问过波的生活费是多少，但我知道肯定不多，再加上学校的助学金，才顺利地读完了大学。他很少出去吃饭，一学期也只有我们几个一起聚餐的时候，才会出来开个荤。

就是这样的波，可能因为和我住久了，慢慢地开始接触旅行这件事。他也间或去附近的城市玩过，最后一次，是我们的毕业旅行。

几个好朋友约好，毕业前再去玩一次吧。可是我偏偏把附近的地方都去过了，他们爱我，迁就我，最后决定，就去云南吧。

行程是我来定的，所以我问波，你的预算是多少，他犹豫了下，说，1000吧。我也犹豫了下，说，差不多吧，最多不超过1500，可以不，他说好啊。

从江西去云南，29个小时的车程，为了省路费，我们就这么硬生生地坐过去了。好在一路有说有笑，打打牌聊聊天就过去了，就是晚上的时候有些冷。还好有些3个座位连在一起的空位子，我把车座的垫子掀起来，整个身体缩进去以取暖，1米8的大个子就这样在一米多点的位子上蜷成一团，度过了一夜。

我们在昆明吃手抓饭，在大理骑小电驴沿着洱海奔驰，在丽江古城吃盖浇饭，在拉市海策马奔驰。没有哪次的旅行，能比得上这次和大学最好的哥们一起欢笑的十多天。

在回程的火车上，嗯，还是硬座，而且遇上前方泥石流，火车在贵州停了快一晚上，晚点了6个多个小时。我们算着账单，4个人都只花了1200块钱左右。虽然一开始的预算就是这么多，但是当我们最后算起来才这么少的时候，自己也惊讶了一番。

波的钱有一半是借的我们的，可是这对于已经毕业了一年的他来说，只是一笔小钱，而他却有了最美好的记忆。

我后来问他，对于穷游有什么自己的看法，他给我发来了以下的话：

旅行，并不分是不是穷人。穷人有穷人的生活方式，因为生活本身就是一场旅行，旅行的目的也是感受生活，再指引自己如何生活。

因为我觉得我们玩得那么好，都没有一起出过远门，难得大家有机会一起出去在毕业季留下一段好记忆作为纪念。钱嘛，以后没了再赚，时间、机会，错过就没有了，也很庆幸自己做对了选择，然后大家玩得很开心。

这似乎是他有史以来说过最有智慧的话。他这一年，是经历了些什么，突然这么睿智。

另一个当时一起去的鹏，也有一半的钱是借的。他在某中字头的企业工作一年，前两天给我打电话，说起旅行这件事，他特别后悔，说现在有了钱，可是却没时间，还好当初和我们一起去了云南，去了杭州。

我们用最少的钱，去买来以后多少钱都买不来的时光和快乐。还有什么，能比这个划算？

旅行，并不是一件富人才有资格去做的事情啊。富人有富人的玩法，穷人有穷人的过法。等到你觉得你有钱的时候再出去玩，或许你一直就出不去了。

在学生时代，我们有时间，用时间去换金钱。坐着绿皮车慢慢摇，打开车窗，让风吹进来，两两对着坐，我们聊天，打牌，玩游戏，而不是像在飞机、高铁上一样，塞着耳机，低头玩手机或是iPad（苹果平板电脑）。

我们没钱，所以我们不挥霍，我们把钱节约下来，或是自己赚点，或是向家里要点，同学借点，去和最爱的朋友们一起去走走看看，彼此在生命中印下一段难忘的时光，仅凭这点，就值得去走这一遭。

其实说白了，那些天天哭穷的人，永远都是穷的。莫欺少年穷，只怕少年穷还不愿意奋斗，眼光还短浅。你想赚钱，就一定能赚到，只不过你懒，只愿意在网上动口，而不愿意动手而已。

我们也不是拿着父母辛苦的血汗钱去挥霍，我们是预支自己未来的积蓄去做这个年纪该做的事情。因为我们相信，未来这些钱我们可以轻松赚回来，加倍地偿还父母。

我们是有这份自信，才敢去闯天涯。

我们穷，但不会一直穷；我们旅行，但不是一直旅行。

穷，不一定是件坏事；旅行，也不一定是对的事。

但是，不能因为我穷，就不让我去旅行了啊。

在我看来，旅行不仅仅是去云南去拉萨去远方，关键在于有没有一颗追求自然和热爱生活的心。

省内的一座古城，郊外的一座小山，乡下飘着淡香的麦田地，每一处广阔的景色带给我们的是独特的感受，目的地在哪似乎不那么重要，在于你当时的心情和陪伴你的人，在于遇见的故事和感动。

走在人生的路上别管去往何处，不都是去感知去体会这个世界，人生何尝不是一场旅行？"世界那么大，我想去看看"，道出了多少无法突破牢笼看世界的渴望。就像人吃不起饭的年代会拼命地寻找食物，为什么没钱旅行的时候就不能想尽办法旅行呢？

有时候有的事不是不能，是你对旅行还没那么渴望。人穷，可以在其他方面去省钱，可以去穷游，可以作为一个梦想成为挣钱的动力之一，但穷并非不出去的缘由。就像那句歌词唱的，生活不止眼前的苟且，还有诗和远方……

所谓旅行，就是寻找一片心的自由和宁静，就是在路上遇见最真实的自己。

正是因为羡慕，所以不能辜负。

生活中总是有很多时刻，让你觉得自己处处不如人。而产生这样的低落感大多是因为看到同龄人过上了比自己好的生活，而感觉自己却仿佛还在原地踏步。

《新喜剧之王》里，女主如梦一直想当一个演员，哪怕一直当龙套被欺负也愿意坚持下去，可什么时候梦碎了呢？在她和闺密走在大街上，闺密被星探看中然后试戏成功成为女主角之后。

本意不想当演员的闺密却成为名导的女主角，而别人死也不会选择她。

本来同样碌碌无为在社会底层打拼的同伴，突然成了你无法企及的人物，那样的失落感会让你产生严重的自我否定，本来还乐观的自己会怀疑是不是自己太差劲了。

见过几次面的学长Geraint，朋友圈永远晒着我惊叹不已的照片。

上个礼拜看他在法国，转眼去了我向往已久的非洲摩洛哥，刚刚翻他朋友圈，发现他又在巴塞罗那。

再往前翻，发现这半年他去了日本、中国台湾、印尼、北美，照片里是各地的美食，精致的酒店，绝美的风景，新奇的玩具。

曾去过一次他家，就租在地铁站边上的高层，上海内环，有一间温馨的小屋，还有烘干机、咖啡机、洗衣机、地毯音响、GoPro（运动相机）、声控灯，甚至还有个大电视。

不仅仅是风景与生活，他对自己也从来不懈怠，难得在上海的日子也没闲着，晒着自己上拳击课或者团操课的健身照，也难怪皮肤和身材一直都保持在巅峰状态。

而他仅仅比我高一届，却活出了我曾梦想中的样子。

前同事树懒，曾坐在我左手边的姑娘，在没有找到下家的情况下，辞职，然后离开了上海，去了杭州发展。

从此仿佛人生开了挂一样，做课程，写文章，出书，以及再一次辞了月入过万的稳定工作。

现在呢，她和男朋友前段时间刚刚领了结婚证，总能在朋友圈看到他们的恩爱照片。

她自己的课程反响也不错，每一期的人数都爆满，一个晚上就能赚她之前一个月的钱，甚至还自己创业开公司，有了自己的工作室，做自己的老板。

她公众号的一篇广告也从当初的500元变成了5000元，不过半年的时间，翻了10倍。

现在还记得辞职那天，我和她一起去公司附近的萨莉亚吃饭，我还帮她做了一张辞职快乐的图片。

如今已成为叱咤一方的女强人。

前段时间因为工作的关系认识了磊哥，第一次见面之前，他说来公司接我，他有辆破车叫我不要嫌弃。起初我真的以为是一辆破车。

结果晚上到了约定地点，发现路边停了辆奥迪A4，更让我惊讶的是，车里干净得像是一辆新车。后来我才知道，这辆车是十年前他毕业第二年买下的，顺带买下的，还有他现在位于地铁站边的复式户型的家。

他的家我后来去过一次，不同于我之前住的Loft，两层楼每层都很高，房间有朝南的落地窗，还能看到远处的东方明珠，一共三房三厅两卫。家里是Bose（中文名博士）的家庭音响，配上苹果盒子和大电视剧，在沙发上躺着，别提多惬意了。

问起他是如何做到的，10年前能在上海买车买房，不靠家里也是一件非常不容易的事。他说他刚刚工作那两年特别拼，做销售，连续两年拿了公司的销售冠军，光是奖金就有三四十万，更别说提成和工资了。

身边优秀的人实在是太多了：

研究生时的室友上个月被公派去北欧玩了半个月；

和我一起拿到优秀毕业生荣誉的同学前段时间成功落户上海；

一个朋友毕业五年，就已经在上海买下了一套房；

楼上的邻居也从一个胖小伙成功减脂；

曾一起吃着生煎包的高中同学，开起了演唱会；

一起健身的伙伴说他昨晚接了个设计图赚了几万元；

曾睡在我下铺的兄弟如今也进了央视登上了新闻；

……

说不自卑是假的，这些突然自卑的情绪，在每个失落的时刻，会让你觉得自己更加无能。

尤其是当我发现花呗的账单已经到了工资的一半，再加上房租水电和日常其他开销，每个月辛苦赚钱，也不见赚了有多少钱的时刻。

生活中有许多这样的时刻，让人觉得深深的无力和失落。

有时候在想，是不是自己太过平凡，平凡到只能安慰自己——平凡可贵。

有很多读者和朋友曾对我说过这样的话："真羡慕你现在的生活，做着自己喜欢的事情，努力追求自己的梦想，每天活得很开心。"

是啊，在很多人看来，我确实似乎还不错：

有可以睡懒觉的工作，也算找到了自己的爱好，得过许多奖也考上了研究生，拿过一等奖学金也逃过许多课，有说走就走的旅行也有奋不顾身的爱情，有自己的公众号还有狗和猫。

可即使如此，还是会有许多感觉自己处处不如人的时刻，没有大起大落，也没有大富大贵，买不起的依旧买不起，得不到的还是得不到，锻炼至今也没有出现腹肌，可以彻夜聊天的人越来越少……

其实，无论是否承认，我们都会有这样的时刻：

觉得自己一无所有一事无成；

发现看不见未来和前景；

认为自己处处不如人。

这很正常，没什么大不了的。

因为你们羡慕的人，也在羡慕着别人。

自觉一无是处的你，在别人看来却无法企及。

更重要的是，那些优秀的人，会越来越优秀；你更要知道的是，那些优秀的背后，都有怎样辛苦的时光。例如：

那个环游世界的学长，无数次凌晨一两点和我说飞机才落地，刚刚到家觉得好累；

那个广告费翻10倍的女强人，每一个我们已经熟睡或是未醒的时刻，已经开始工作；

那个去公派北欧的室友，曾在那家公司拿着1000块钱的实习月薪，干着比正式工还辛苦的工作，坚持了一年；

而那个10年前就买车买房的磊哥，连续三年都没有整宿休息过，喝酒喝得身体多次不适，现在活得很注意养生。

没有人的成功和光彩，是没有原因的。

即使如我一样平凡，也在冬天坚持早起锻炼，每晚录音到把自己哄睡，每天担心着自己的涨粉，焦虑今天能写什么，如何写好公司的产品文案和项目策划……

因为身边的优秀朋友太多，再不努力，就算真要卑微到尘埃里，也开不出花来的。

正因为身边的优秀朋友太多，更加督促着自己要往前飞奔，即使最终也没办法变得和他们一样优秀，但至少会给自己变得更加优秀的信念。

我们会因为这些信念，而变得更向前，感谢所有让我羡慕的人，是你们让我看到生活的无限可能。正是因为这份对你们生活的羡慕，让我时刻不敢辜负时光与爱。

我也要努力，变成自己喜欢的样子，过上自己想要的生活。你也一样。

把狼狈与不堪，打磨成闪闪发光的日子

大二那年，当上学生会部长后开始面试纳新的我，很喜欢问的一个问题是：你坚持最久的一件事是什么？

有个回答让我至今印象深刻。她愣了两秒，然后很自豪地说，我坚持最久的就是每天晚上都用黑人牙膏刷牙。

所有人愣了一下，接着都忍不住笑出了声，她也跟着我们不好意思地嘿嘿笑着，露出了一口与军训被晒黑的肤色成明显对比的洁白牙齿。

于是，在我们讨论录用谁的时候，都把票投给了她，大概是觉得，如此幽默且坚持用黑人牙膏刷牙的女子，应该能坚持到最后。

虽然无厘头，但事实证明，她在后面长达一年的跑腿、搬桌椅、做表格、核对数据、开会这样琐碎中坚持了下来，在每过几个月要刷一次人的激烈淘汰机制里坚持了下来，成为最后剩下的3个人，升为部长。现在在北京，也过得很好。

回过头想想，能坚持使用一个品牌的产品十几年，也是一种

难能可贵的品质吧。我在我身边努力找寻类似的物品，却发现寥寥无几，就单说牙膏，我换了无数个品牌，也找不到那个真正能让我牙齿变白的。

别说对物品了，就是对人，也是越来越少了份执着。

木心说：从前的车马都慢，一生只够爱一个人。

而现在什么都很快，一天能爱好多人。早上你在校园里偶遇一个人，很是喜欢，便四处打听她的消息，中午你就能得知她的学院专业班级甚至是微信号码，小心志忑地加了好友，一上来就说我喜欢你，然后呢？

见她没什么反应，也找不到什么话题，便觉得没什么希望，很快就放弃了，然后继续在人海中寻觅自己的那个她。

我们早就过了初恋时懵懂的年纪，过了那个把爱情看得比命重的时候。后来的我们越来越成熟，越来越小心，也越来越不敢爱。

害怕付出却得不到收获，害怕热脸贴着冷屁股，害怕再一次的受伤。于是，我们开着玩笑说我喜欢你，如果你也恰好有点喜欢我，那么我们就不妨试一试。哪怕短暂地在一起之后的分手，也不再像当初那么撕心裂肺。

可也恰恰因为这样，丧失了爱情最美好的部分，那全身心投入、不怕受伤地去长久爱一个人。无论结果是好或坏，都是最宝贵的回忆。

这也是为什么我们在看到那些年迈的老夫妻牵着手在马路上

散步的时候，会不由得感叹一句，真好啊。

因为我们打心底里就很羡慕那样长久的爱情，只是我们不善于坚持罢了，坚持去付出，去全身心地爱一个人。

从前若有什么东西坏了，就想着如何修好，而现在若有什么坏了，便想着该换新的了。你不能说这不好，及时换新，是会让自己的日子看上去更好一些，可却因此而少了些坚守的东西。

感情如此，事业亦如是。

在小说《孤独小说家》中，主人公耕平凭借第一本书获得新人奖，从而在日本写作圈一炮而红，正式以作家身份开始谋生，道路开始变得光明起来，能够凭借自己的喜好而赚钱，是多么幸运的一件事情啊。

可是他的妻子不久就因故去世，接下去的10年，每年出版两本书，却没有一次加印，甚至连一次签售会也没有，所有的大奖都没有他的提名。眼看年纪越来越大，事业却似乎已到黄昏，没有如日中天的场景，也谈不上绚烂璀璨的时光。

虽然被称为作家，很"高大上"的样子，但只有他自己知道，日子过得有多么辛酸：尚在读小学的孩子、高额的房贷和所有日常开销，所有的一切都由他一个人承担。他只有不停地写作，才能保证不被饿死、有房子住、孩子有书可读。

可是啊，10年的平淡甚至是惨淡，让他不由得开始怀疑自己，怀疑自己是不是真的有写作的天赋，当时的新人奖是不是只是一时的运气好。

这样想着，难免会觉得世界暗淡，自己其实根本没有任何值得羡慕或称赞的地方，从而再也写不下去任何一个字。

这样的状态被儿子小驰发现了。小驰策划了一场出游，在一片灿烂的油菜花花海里，当耕平向儿子说出这样的想法时，儿子小驰激动地双手握成拳说：

老爸，你也真是太狭隘啦。不过你下一本书不出的话，我们俩可就生活不下去啦。要是你不能工作了，我也可以工作的嘛，只要不丢下我一个人就行了！做服务员也好，打下手也好，去书店求大家买老爸的书也好，我都愿意做。老妈去世，要是老爸也不在了，就只剩我一个人了，那谁来保护我呢？我一个人也活不下去啊。

这一番话深深打动了耕平，他咬住嘴唇强忍泪水，一把紧紧地抱住双拳紧握哭泣不已的儿子。是啊，写小说不是自己愿意终生为之奋斗的理想职业吗？为了儿子，也为了自己，就算没有丝毫写作才华，无论如何也必须坚持下去。

如果连小说也失去了，那自己还剩下什么？有时间去嫉妒自己的同行，去哀叹自己的悲惨，还不如拿起手中的笔多写一句一行。一个没有才华没有灵感的人有资格轻言放弃吗？

从此，耕平再也没有说过不行，也不再选择放弃。

时间又过去了几年，耕平依然平淡地过着，直到编辑打电话来说有签售会，然后突然被大奖提名，虽然落选但被提名的书第一次加印，又过了一年，故事以耕平拿到了文学大奖，从此不再担心销量而告终。

故事曲折又漫长，但最终，是以欣喜告终。其实，就算没拿到大奖，耕平还会是那个耕平，默默无闻却坚持不懈。耕平坚持了第一个10年，而我们又为自己的梦想坚持过几年呢？

这是一本打动我到落泪的书，只是因为境遇太过相似。

我们大概都有那样的一段时光——坚持着看上去没有希望的事情，不知道结果会怎样，没有人肯定却依然独自前行。

我时常被这样的故事所感动。因为它让我重新审视自己，让我知道在为梦想而坚持的路上，其实并不孤独。

你看，贾玲经过8年坎坷的北漂人生，住过地下室，尝过人间百态。她的成名并非偶然，她也不是幸运儿。她的成功源自她对梦想的坚持与执着。

我喜欢贾玲，她光站在那我就觉得开心，她的笑容可以治愈所有的悲伤。我想，这大概是因为她感受过最刺骨的寒，才能散发出这样的暖吧。

你说，奋斗的结果重要吗？在这个唯结果论的社会，可能重要。但我认为，当你为一个目标坚持很久之后，坚持本身的意义就已经大过那个目标了。

在考研结束那天，爸妈问我，如果没考上怎么办？

其实这个问题我在考研的这一年里早已无数次地问过自己：

没考上怎么办？没有实习没有考证没有找到工作，每天早起晚睡压力大到失眠的这一年，是不是被我白白浪费掉了？在别人眼里，我是不是就此成为一个失败者，甚至成为打趣的谈资？

即使面临着一无所得，也依然选择坚持。因为我知道，如果我不坚持下去半途而废，我会看不起这个不敢坚持的自己。

坚持努力之后的失败并不可怕，因为你已经尽力了。可怕的是还未拼尽全力，就说自己无能为力。

所以我早就想好了没考上的后果，不过只是一场考试的失败，日子还要照样过，该找实习、该考证……该干嘛还要继续干嘛，只不过是不去读研究生罢了，道路还有那么多，谁说得准哪条更好呢？

因此，我很喜欢的一个词，叫"悲观积极者"，就是在提前做好最坏的打算下，去努力做到最好。

反正最坏不过就这样了，那么只要多努力一点，结果就会更好一点，最后说不定就成功了。在这样的心态下做事，很多事情反而会成功。盲目的乐观积极，才让人沮丧，一点小小的挫败可能就摧毁了自信，觉得自己可能就这样了吧。

所以我回答爸妈说：没考上就没考上吧，再来一年我也不会比现在更好，我知道自己已经尽全力了，无论结果怎样，我都不会觉得遗憾。

时至今日，我依然能想到那个整整一年，坚持每天早上6点起床背单词，然后在图书馆待到闭馆才走的自己。

我们都需要为一件事不遗余力地去拼一把，结果不一定理想，但为此坚持拼搏的过程，就足以让我们的人生闪闪发光。

关于坚持和梦想，我还特别喜欢高晓松母亲曾告诉他的那句话：

生活不止眼前的苟且，还要有诗和远方。谁要觉得你眼前这点苟且就是你的人生，那你这一生就完了。

身在高知家庭，照高晓松的话来说，硕士在他们家就等同于文盲，可是他却并没有按照家人的意志生活，而是选择音乐和梦想。为了这个梦想，他流浪过，漂泊过，过着饭都吃不上的日子，体验过辉煌，也坐过牢房，几经沉沦，起起落落，最终，成了现在的模样。

他为了诗和远方，耗尽了所有的青春，却迎来了如今的光芒。

他们有他们的"诗和远方"，我们同样也要有。

哪怕生活一地鸡毛，但仍要欢歌前进。

但愿我们都有那样一天，成为自己喜欢的模样，过上自己想要的生活。

正如高晓松所言："等我把所有喜欢的事都做了，才能勇敢数着日子，等着永逝降临。"

让所有狼狈与不堪，都变成日后胸口最闪耀的勋章。

因为来日并不方长，所以爱才竭尽所能

有报告指出，中国人的人均寿命是75年，也就是900个月。如果用一个小格子代表一个月，那么就是一个30×30的表格，大小不过一张A4纸而已。

当我们的人生长度被画在纸上，一切都显得直观清晰了。假设我们的父母现在50岁，那么在剩下的25年里，我们平均一年回家一次，一次待7天，也不过是175天，也就是6个月，画在格子上，便是6个小格子。

900个格子，只有6个是属于你和父母的相处时光，而这仅有的6个格子里，还有近乎一大半是你陪着手机和电脑的。

来日并不方长，我们留给父母的时间，其实真的不多了，而我们又有多久，没有和父母好好坐在一起聊聊天了？

还记得工作第一年的春节，此时我已经整整一年没有回过家了。夜晚10点到的南昌，爸妈已经早早地赶到了火车站，新建的高铁站，一出来感觉很陌生，爸妈说的碰头地点我都找不到，只顾着往前走，然后听到一声洪亮又熟悉的声音，呼唤着我的名字。没戴眼镜，看不清人，顺着声音走过去，妈妈热烈地和我来了一个拥抱，说着，你爸爸老远就看到了你，虽然你穿着没见过的衣服，但知道，那个就是你。

夜晚11点到家。还来不及收拾行李，爸妈就把我拉到客厅坐下，一样样给我展示，这一年多我不在家里，他们新买的物件。

我爸特意为我买的玉石，本命年的限量钱币，甚至还有我妈给我买的新内裤，和底部写了踩小人的红袜子。

我把特意从上海带来的音响打开，给他们戴上我新买的耳机，看着我妈随着音乐晃动着脑袋，可爱极了。

等到没有物品可以展示的时候，就准备洗洗睡了。躺在我房间内的大床上那一刻，我忽然意识到，我已经有一年没有待在这个陪我长大的房间里了。

醒来已是中午，听着久违的爸妈在厨房做饭的声音，我起床洗漱，循着香味坐在了餐桌前，红烧鸭、清蒸鱼、梅菜扣肉和小炒肉。每一个都是我喜欢的，每一个都是我怀念的，独特的家的味道。

紧接着而来的同学聚会，朋友见面，搞得没多少时间在家陪爸妈一起吃饭，似乎还有特意为我买的菜也没来得及做，总觉得过意不去，虽然第二天中午的时候父母已经开始和我谈论起了我最不愿谈论的终身大事。

我妈问了几次，什么时候和她一起去逛逛街，于是那天我们便坐着公交去市中心逛街。与其说是我陪我妈，倒不如说是我妈陪我。在逛鞋店的时候，恰逢打对折，试了有两双比较满意，纠结不知道该买哪一双的时候，我妈说，你要是喜欢，就都买了，这一年就可以不用再自己买鞋了。

母亲总是心疼我的，趁着我回来，想着法子给我多买些东西带走，这样，自己在外面生活的时候，就能更宽裕了。

路过周大福的时候，看到一个鸡年特制的转运珠，独特的造型，还有新颖的名字，叫遇见行者，上面有一个类似太阳的图腾，款式和寓意一下戳中了我，于是看着我妈，我妈看着我，还是那句话，你要是喜欢，就买咯。

逛完街已经是晚上7点，想请我妈在市区吃一顿大餐，我妈死活不依，说是回去随便吃吃就好，哪怕最后路过肯德基，想进去买点小吃和咖啡，也是在门口拉扯了半天才进去。

我牵着我妈的手往里走，我妈拉着我不想进去。妈妈进去之前的最后一个问题是，小吃贵不贵。我说，真的不贵，走啦。

在店里买了一杯10几块钱的奶茶，我妈一边喝，一边和我说，要不是你给我买，我这辈子估计都不会喝这个东西。

那一刻突然好辛酸。

母亲一向节衣缩食，为了节省开支，她会在我和爸爸都不在家的时候，在家里随便找点饼干当作晚餐；也会为了节省两块钱公交钱，大夏天的骑半小时的单车去公司上班，夏季过去，我看她整个人都晒黑了好多；为了节约电费，家里的灯也很少开，就连卧室，也用一个小台灯代替了天花板上的吊灯；冬天的时候也从来不开浴霸，更别说房间里的暖气了。

就连学生时代的每个暑假，我都是在爸妈的房间里打着地铺，空调也总是睡觉前才打开，甚至为了能晚开会儿空调，会在晚饭后下楼去超市散步，在超市的冷气里解暑。

小时候我问妈妈，为什么我们不开空调啊，妈妈告诉我说是因为空调里的空气不新鲜，对身体不好。后来我才知道，那时候的家境，是真的拮据。

拮据到什么程度，拮据到为了节省电费和水费，母亲会在舅舅来南昌出差住宾馆的时候，带着我们一家去宾馆的浴室洗澡，然后她再把衣服在宾馆洗干净了才回来。

哦，对了，那时候家里的洗衣机也基本是摆设，全靠母亲手洗，我问母亲为什么不用洗衣机洗，用冷水洗衣服得多冷啊，母亲和我说是洗衣机洗不干净，那是个冬天，也难怪母亲的手比我的要粗糙上许多。

就算后来日子宽裕了许多，母亲也依旧舍不得在洗澡的时候打开浴霸。

母亲总是不喜欢用护肤品，给她买了多少面膜，春节回去时依然还有多少。有一次她和我说，面膜用一次就扔掉多浪费啊，还有那么多精华液都没用完，我都是用一次，然后再放到冰箱里，用了两次以后再扔的。

从那以后，我说以后你的面膜我承包了，你就放心大胆地用就好了。

而我想为我妈买的，远远不止面膜。

小时候，我积攒下一个礼拜的零花钱，在学校边上买了一瓶两块钱的香水作为母亲的生日礼物；等到我上了研究生，用我的国家奖学金给我妈买了一串铂金手链；再到工作之后，用一个月的工资给妈妈买了一款最新的苹果手机。

或许就是从母亲不愿意进KFC那一刻开始；或许是从母亲和她的姐妹炫耀她的手链开始；或许是看到母亲开心地用新手机开始；我更明白了努力奋斗的意义，我要赚更多的钱，多到母亲丝毫不会想到为我节省开支，多到母亲舍得开浴霸，把客厅的灯开到最亮，多到我可以负担起他们的一切。

我知道此刻的我还做不到，但我想，这就是我在外拼搏的意义：让父母过上更好的生活。

所以我总是会在逢年过节的时候，用发红包、买礼物的方式来表达我的心意，让他们知道，我在外面过得很好，不用为我操心，你们只要好好对自己就好啦。

假期结束之前，父亲开车带我和母亲逛街，一再问我有没有衣服穿，我说放心，有衣服的。

依然是把我拉进了专卖店，试衣服，那是一件即使打了5折，也依然是比我买的耳机和音响还要贵的衣服。

衣服是不错，价格也感人。我爸问我喜不喜欢，我说还好。在这里，还好的意思就是衣服是好看，可是太贵了，不买也可以的。

于是和我妈继续逛着，看其他衣服店，等转一圈回来的时候，发现爸爸已经把那件衣服买了下来。

要知道，我爸每次开车都会为了省下那几百块的高速过路费，而选择多花费几个小时的时间去走国道。

我开车走过几次国道，又累又难熬。

母亲不会开车，每个周末他们俩开车走国道往返于城市之间的时候，父亲独自开车的几百公里，我都特别担心。

突然间没有了一个月的寒假，这一个多礼拜的时间，母亲还来不及嫌弃你每天起床不叠被子，你就已经要再次远行了。

放在门口的行李箱，都不用把行李都拿出来，就已经要合上了。

每次走之前，母亲总要和我说：我这刚刚习惯你在家里的生活，转眼又要开始习惯你不在家的生活了。

离开家之后，每一次回去，都会发现父母的头发上又添了几根银丝、面庞上又多了几道皱纹，才突然意识到，你在外奋斗长大自立的时候，他们已经开始渐渐老去，已经渐渐跟不上你的步伐，他们能做的，就是为你多花点钱，哪怕自己平日里节衣缩食，也要让你在异地的时候，过得好一些、体面一些、不那么辛苦一些。

父母如今爱你的方式，就是趁你在家的时候，为你多花点钱。

反之亦然。自己也想更加努力，然后为父母多花点钱。

到上海的时候，和父母报平安，妈妈在微信里说："妈妈会想你的。"然后加了三个拥抱的表情。

我说："我也会想你们的，别太省了，儿子有钱。"

我想，这也是所有在外独自奋斗的我们的共同愿景。

第三章

人生没有那么苦，但总要经历些孤独

拜伦曾说，没有爱情的青春有何意义？每一次的恋爱，甚至是失恋，回想起来，其实都是青春里最宝贵也最美好的回忆。好好去爱，像不曾受过伤一样。愿我们都能找到那个懂你的人，携手一生。而如果还没遇到爱情，也别着急，先学会好好爱自己。

敬往事一杯酒，再爱也不回头

很喜欢刘若英的《后来》，每次听到那句"后来，我总算学会了，如何去爱，可惜你，早已远去，消失在人海。"总是会特别感慨，那些曾经错过的人，遗憾的时光，总是会借着这句歌词唱出来。

我问她为何唱这首歌时她红了眼眶，她说："我想到了那个名叫肆的人，还挺可惜的。"

和肆认识，说来也是缘分，我那天睡不着觉，点开微信里附近的人，看到一个头像很帅的人，更巧的是他的个性签名：行走在消逝中，且行且珍惜。这和我当时的个性签名居然是一样。

于是抱着试一试的心情点开他的头像，申请加为好友，这是我第一次添加附近的人，我也不知道，我加他是为了什么，可能是因为头像帅，而且签名正好又和我一样吧。

没想到，他居然同意了，于是乎，有些害羞而且紧张的，向他打了一声招呼，嘿，你好啊。再加上一个幸福微笑的表情。

你好，他回道。

于是就这样，有一搭没一搭地聊着，有时候一天聊上半小时，有时候几天也说不上一句话。

后来有一次聊天中得知他有女朋友，那天下午要考试，沮丧地趴在图书馆的桌上睡着了，就想着，算了吧，以后就不找他聊天了。

就像五月天的那句歌词：不打扰，是我的温柔。

很久没有联系，一直到2013年12月31号，跨年的那天。

那天，大家都相信与你相伴一起度过这个夜晚的人，会陪你跨过1314，走过一生一世。突然想给肆发一个语音，于是唱了一首，新年快乐，愿他和他的女朋友，能够一生一世地幸福下去。那时候，是真心祝愿，且祝福他们的。

他没有回我的微信。我想，算了吧，可能他们正在忙呢，毕竟这一生一世的夜晚，不该就这样浪费了，索性就把手机放在一边，准备睡觉了。

早上醒来，手机里看到他发的微信。他说，谢谢你的新年祝福，可是我们并不能过完这一生一世了。

我问怎么了？

他说他分手了。

在那一刻，幸灾乐祸的我其实并没有感到惋惜和难过，相反的有那么一点窃喜，心里想着，那么机会或许就这样来了。

马上放寒假，在即将回家的那个下午，我发微信给他，出来见一面吧。

他推辞，他说我们做微信上的朋友就好了。

不甘心，于是跑到他们学校去找他，和他说，我来了，你要不要出来？

他似乎是拿我没有办法，于是出来见我。我没有告诉他我坐在哪儿，但是他就这么找到了坐在椅子上的我。

远远地向我走来，就像童话故事里的王子出场那般。

那是一个大冬天，他穿着一件衬衫，那么单薄，似乎会被风吹走，可是他衬衣下鼓起的胸肌告诉我，他并不单薄。后来聊天得知，他是学校教官队的，也是国旗护卫队的，还曾经进过模特队。

他的出现，符合了我青春期对另一半的所有幻想。

可那天，我穿得很土，厚重的羽绒服，土黄色的裤子，黑色的靴子，只觉得自己和他一比，简直卑微到尘土里，再加上一到有暖气的地方，就会浑身燥热，脸涨得发红，而脸一红，青春痘就特别明显，我只觉得浑身都透着尴尬，眼睛都不敢正视他。只因为，他太耀眼，而我太卑微了。

我以为这次见面之后，就没有然后了。所谓见光死不过就是这样吧。打心底里觉得，他不可能会看上我。

坐上回家的火车，看着窗外景色飞快地向后退去，想着，那就让他也这样过去吧。太美好的事物，我终究是配不上吧。

手机突然一震，是他发来的微信："你上车了吗？"

即将溺水的我被拉上岸来，兴奋得大口喘气。

"嗯，刚刚上车。"

他们说聊天最好以问句结尾，我就再添了一句，"你吃了没？"

那时候赶上春运，没有买到硬卧，一整宿的硬座，他就这么一直陪我聊着，聊到两点的时候，我说："你困了就先去睡，没有关系的。"

"没事，反正我明天也没事，你一个人在火车上坐一宿多难过啊，我陪陪你。"

突然被暖到。不是应付性的关心你是不是上车，而是真心地关心你是不是安全。为什么会有这么暖的人。

想起晚上吃饭时，他好听的声音，风趣的谈吐，帅气的外表，饱满的身材，还有现在，体贴到骨子里的温暖。

我似乎，开始沦陷了。我告诉自己和他不会有结果的，可是又心甘情愿的，投入到这场明知道不会有结果的感情中，一天比一天付出得更多。

那个寒假，我所有的喜怒哀乐，事无巨细地和他说着。今年拿了多少压岁钱，现在去哪里，中午吃了什么，看了什么好看的电影，等等，等等。

他每次的回应都很及时，就算没有及时回复，我也知道，他一定在忙。

我忘了有多少个夜晚，在开着电热毯的被窝里，拿着手机，困到字还没打完就傻傻地睡着，嘴角带着微笑。

那是我最甜蜜的一个寒假。我们不是情侣，可胜似情侣。

终于开学了，那是一个下着大雪的日子，他来火车站接我，于是我们就这样在一起了。

每天的日子都过得很幸福，一起逛街，一起游泳，一起吃好吃的，我们不常吵架，可是好景不长。

有一次从他学校回来之后特别难过，但是我不知道该如何去发泄，只觉得胸口有一股气，憋屈得慌。

那时候已经是11点了，我跑下寝室楼，跑去操场，我在操场上一圈圈地跑着，用尽全身的力气，不断地加速，加速到我的脚软到不能再跑步为止。我对着空无一人的操场大吼大叫。似乎他就在我面前，用这样大吼大叫的方式宣泄着自己所有的不满，庆幸当时操场没有人，我给他发一条语音，是我怒吼的咆哮。

然后，我坐在一旁的草地上，把头埋在膝盖之间，先是红了眼眶，然后就那样哭了出来，抽泣着，我甚至不知道我在哭些什么，就是莫名的难过。

很快他回消息给我，问我在哪。

我说我在操场上。

他说这么晚了你还不回去吗？回不去怎么办？

我说回不去我就在操场上待着待一晚上。

那时候已经是晚上11点了，我们寝室11点半门禁。他怕我真一个人在外面待一晚上，打电话过来，拒接，他再打，再挂，就这样，他打了10多个电话，打到我觉得，是时候该接了。

我接起来，他说："我在我寝室楼的楼顶上，你走到大道上来让我看一看好吗？"

我走到大道上，向他学校的方向走着，他的寝室正好对着那条大道，我走到两个学校的边界，离他寝室楼大概只有20米的距离。

我近视眼，看不清他。

他说他看到我了，他说你好好的不要闹好吗？先回去，然后再好好说，好不好？

可是我不，我说我就是很难过，就是很不爽。

他说有什么事情我们明天见面再说吧。

似乎是跑也跑了，闹也闹了，哭也哭了，我也累了，而且想他在乎我的心态已经达到了，我知道他真的在乎我，担心我。于是就这样背对着他，往寝室的方向走着，我知道他在后面会一直看着我，直到我进了寝室，他看不到我为止。

其实那一刻我是感动的，尽管前一刻我是那么的躁动，那么的不懂事。或许，这是年少时，用来证明他爱我的方式吧。

我总是会因为很小的事情跟他吵闹，他和一个女生经常聊天，甚至有时候说着不和我说的事情。

终于有一天，我没忍住，我说你就不能不和她聊天啊？

他笑笑说，我和她不过是普通朋友关系啊。

我说哪有同朋友聊天聊得这么频繁的。

然后立即拉下脸来，快速走开不理他。在商场里，我们俩玩着你追，我不理你，你再追我跑的游戏。

他是一个很爱面子的人，他不知道在那么多人的情况下怎去安慰我，或者说我并不懂得怎么给他台阶下。

　　每天的争吵似乎都让我忘了那些快乐时光，忘记了每次我和他在微信里说我饿了，他会去买我喜欢吃的面包，喜欢吃的炒面，给我送到学校里来；我生病了，我说不舒服，他会在校医院开好了药给我送过来；我说我想你了，他会突然出现在我身边给我一个惊喜。

　　这些我都忘了。

　　我似乎只记得他和别人聊天，他不肯在他的部长面前承认他和我的关系，记得他取消我微信的置顶聊天的位置。记得所有不开心的事。

　　我在一次又一次地试探着他到底有多爱我的过程当中，将他所有的耐心耗尽，耗尽了彼此的感情。

　　就这样，我们用力过猛，然后，我们后悔不已。

　　分手是我提出来的，因为我似乎受不了，我每天紧张分分的怕失去他的不安，还有我自己莫名其妙地生气，这样的我连自己都很生气，更何况他呢？

　　和他说分手以后没有再理他，他连续在接下来的一个月里，每天晚上给我发晚安，一直到提出分手后的第31天。

　　那时候他在国外，我在国内，或许他知道他没办法跑到我的面前来拥抱着我，然后说别生气了，好吗？

　　所以他用连续一个月的晚安，希望我冷静下来，回心转意，希望我们还能在一起，可是那时候的我，不知道在高傲什么，依然幼稚地想看一看他到底能发多久的晚安，我似乎还想再试探一次他到底有多爱我。

说分手后的第31天，他没有再发来消息，而我也没有给他发去消息，就这样，我们再也没有联系。

如今和他已经分手4年了，前段时间看到他在朋友圈发结婚证的照片，心仿佛就那么漏了一拍。

那天挺冷的，我刚刚下班，把拉链拉到顶，蜷缩在衣服里，就在这么一刻，很想躲进他的怀抱。

我们听过很多道理，却依然过不好这一生；我们知道很多爱情道理，可是我却依然处理不好自己的爱情；我们知道当局者迷，旁观者清，可是我们总是在局里，沉迷不已。

分手后的那个生日，突然想起那年他买了一个蛋糕，跑到图书馆来看我，因为不好意思当着我的朋友出现，所以把我叫到了楼梯间，打开蛋糕，点上蜡烛，在我吹灭蜡烛以后，对我说，宝，生日快乐。

那年，和蛋糕一起的，还有一箱牛奶，他说他看我太瘦了，天天看书，要多补充营养。

他好傻，我怪他，哪有生日给人送牛奶当礼物的啊，一点也不浪漫。

可是，我后面再也遇不到，会蠢到送我一箱牛奶的人了。

故事听完，我也觉得挺遗憾的。可遗憾好像才是人生的常态。不管有多么难以放下，也不管曾经有多么爱，我们总是会放下的。

而真正放下一个人，是从什么时候开始？

大概是路过街角我们曾一起去逛过无数次的精品店；看到朋友圈有人去我们曾去过的地方；吃到我们曾一起去探秘的小店美食……

这些都让我想起了他，可也只是想起而已。

回忆里的记忆很好，可是现在也不坏。商场里不买会死的衣服回家后才发现，不过如此；生命里那些说不会离开你的人，最后也不知去向。

放不下你的时候，会天天偷看你的朋友圈、微博、看你今天新关注了谁，为谁点赞，去了哪里，遇见了谁，吃了什么。

我在课桌上一遍又一遍用铅笔写下你的名字，再偷偷擦掉，怕被人发现我的心思，又克制不住地想你。

我会在空无一人的操场跑步的时候、在游泳时把身体沉入水下的时候，大喊着你的名字，大喊着我好想你，这时候只有操场和水能听到我的呼唤，你听不到，别人也听不到。

只有我自己听得到，我好想你，我也好想忘了你。

曾经每晚我做梦，梦到你，梦中立即拥你入怀里，哭着说我好想你，有你的梦我都不想醒来。

在梦中，可以好好看着你，可以和你说，我想你，可以拥抱你，可以亲吻你，可最后还是哭着醒来。醒来后，我却不敢和你说一句想你，更奢求不到你的拥抱，你的吻。

后来，我决定取消你的置顶聊天，取消你的特别关注，不再去你喜欢吃的餐厅吃饭，也不想去我们曾经去过的任何一个地方，不再奢求你会突然出现在街角的咖啡店。

都说时间是最好的解药。不知道从哪一天开始，有你的梦变少了，我也不再想你来我的梦里，不再打探你的消息，像蒲公英被风吹了就散，像烟火绽放后的寂静，像相交后走远的曲线，我们越来越远，也越来越归于平静。

与其说到最后我彻底放弃了你，不如说我放过了我自己。

从耿耿于怀到坦坦荡荡，从牵肠挂肚到无足轻重，我终于放下，不再幻想重来。

《重来》这首歌里唱道：

如果能重来，诚实地去对待，彼此都没疑猜，就没有理由分开；

如果能重来，回忆当作尘埃，心不曾被伤害，就能无瑕疵地爱；

但是重来却不能保证爱的成功或失败。

以前觉得重来是把故事的进度条调到最初，按下播放键，然后就回到了你们相遇的那一天。

现在知道重来不是回到过去继续纠缠，而是当你有机会再次遇见爱，一定要把握机会，一定要认真对待，别再白白浪费时间，别再留下很多遗憾。

敬往事一杯酒，再爱也不回头，过去就让它们都过去，未来才值得期待。

愿我们都能在相遇与错过中学会释怀，愿我们都能在遗憾和悔恨后珍惜现在。

我的上线提醒，是你的在线对其隐身

那是大家还在玩QQ的时候，在那几年的青春里，大概都会有一段无疾而终的爱情，都会有一个在线对其隐身的人。

安远突然和我说，小狼又给她的空间评论了，而且似乎最近对她的状态都很关心。

小狼是安远的初中同学，小狼那时候是被公开评选出来的"班草"，会打篮球、会唱歌、精致的脸形、微尖的下巴，活泼的个性，无论在哪儿，都会迅速成为众人的焦点，光芒万丈。

本来安远也没能指望和小狼发生些什么，只是远远地看着就好，这样的人物和自己是不会有什么故事的。安远很有自知之明。

谁知道命运把注定没有联系的人强行搭在了一起，然后就一发不可收拾，至少对于安远来说是这样的——他们成了前后桌。自然而然，依托这样的地理位置，他们的话越来越多，关系也愈发密切。不过谈论的话题大多也是作业、老师这样无关痛痒的话题。

那时候《仙剑奇侠传》盛行，小狼很喜欢，安远也很喜欢。小狼每天下课的时候都在哼着主题曲，安远恰好有一盘《仙剑奇侠传》的盗版磁带。

盗版磁带也是很贵的，于是小狼和安远说，把你的磁带借我听听，等我学会了唱给你听好不好。

安远本来还有一些犹豫，但是班草都开口了，也不好意思不借。再说，有人唱歌给自己听，想着就很开心。

今后的日子里，他们谈论的话题，除了学习，还多了一部剧、一些歌。

短暂的10分钟课间，正好可以唱一首歌。小狼转过身来，唱着新学的曲子。除了《仙剑奇侠传》，还有周杰伦的《夜曲》，梁静茹的《暖暖》，林俊杰的《编号89757》。

安远用不多的零花钱，去街角的音像店买来新出的磁带，然后借给小狼。要听歌的话，她知道找小狼就够了。

日子相安无事地过着，暧昧的情愫四溢，但谁也说不清爱情刚刚萌芽的时候男生女生都在想些什么。

一直到中考结束。

唯有分别才能检验出来是不是真的在乎。

　　安远似乎没有考完以后的畅快感，反而，她突然害怕失去。那些每天听着歌的日子，每天看着小狼的笑的日子，买了磁带给小狼的日子，以后都没有了。

　　安远开始慌张失措，她不知道该怎么办。

　　回校核对分数，领取分数条的时候，安远远远地看着小狼和其他人交谈着，却独独没有注意到她。似乎小狼考得不错，上了本地一所重点高中。

　　要是当时鼓起勇气，也填写那所学校，该有多好。就可以继续着每天见面了。终究，还是不够勇敢。

　　漫长的暑假来临。没有暑假作业，也没有毕业旅行。每天在热得浑身燥热的南方城市，安远吹着电风扇，百无聊赖地玩着电脑，时不时地点好友列表，打开对话框，看看小狼是不是在线。

　　最初的时候，小狼基本上每天都会上线。每次上线，安远就必定知道，然后无论在做什么，都第一时间去和小狼说话。

　　小狼也会很热情地回复。

　　"嘿，你上线了啊。在干吗呢？"

　　"玩DNF，腾讯新出的游戏。"

　　"好玩吗？"

　　"我觉得还不错，你也可以试试。"

　　"好啊，那我也去下载一个玩玩，不懂的你教我啊。"

　　"没问题啊。"

　　于是安远也去下载了一个DNF，格斗类的游戏，说实话一开始的时候并没有多大兴趣，但是因为小狼在玩，一切都只是为了靠他更近一些，多一些可以聊天的话题。

选了小狼选的区，选了小狼选择的职业，一切都照着小狼的步伐前行，在那个时候，小狼的一切都是安远想要追寻的。

每天睡醒的时候，第一个想到的就是小狼。睡觉前，想的也是小狼。可是却没有办法让他知道，也不能让他知道。怕说了连朋友都做不了。

经常性的做梦，梦里都是小狼。醒来以后的落差总是让她的眼角湿润。

没有手机的暑假，全靠QQ断断续续地联系着。每次小狼上线，安远就必定能看到，可是安远似乎发现，小狼上线的间隔越来越长了。

"在干吗呢？"

"玩DNF。"

"这几天没看到你上线，去干吗了呢？"

"在店里帮父母做事。"

"下个礼拜那个谁过生日，你要去吗？"

"不去。"

"那……"

她还正在输入，对方的头像却变成灰色了。

她盯着屏幕发着呆，下一句话是，那要不要出来一起玩。

剩下的日子，小狼几乎不再上线了。

等待变成了担心，小狼不会出事了吧。

发邮件到小狼的QQ邮箱，傻傻地问他是不是讨厌她，是不是对她隐身了，怎么一直不在线。

没有回复。纠结了很久要不要打电话到小狼的家里。手里握着小灵通躺在地上的凉席上，吹着电风扇暑气满满的风，想着想着就睡着了。

睡不着的时候就去游泳，在水下用力地喊着他的名字，只有气泡冒上水面，声音都喊进了泳池的水里。或者在水下憋气，然后冲出水面，大口呼吸。畅快！

不知道过了多少个这样的下午，DNF里的角色都升到了30多级，肺活量也涨了几个层次，甚至是连蛙泳都学会换气了。

或者是在小狼上学时下车的附近几公里，去一家家找小狼家的店铺，乐此不疲。

终于，邮件回复了。

他说：我哥哥来家里了，不方便上网。谁讨厌你啦？喜欢还来不及呢，等我哥哥走了我天天会在的哦。好啦，别胡思乱想啦，You are my best friend。

看到邮件的那一刻，之前所有的担心难过无奈忧愁似乎都一扫而光。

她说，暑假都快结束了，我们出去玩一次吧。

小狼答应了。

安远现在回想起来，那个时候真是笨，应该约一次近郊远行的。结果只是去了市中心的商场逛了一个下午，吃了麦当劳，然后就各回各家了。

她说，现在回想起来，已经记不起任何细节，只是记得我们一起出去玩了一个下午，什么都没有发生，没有告白，也没有浪漫。

然后暑假就结束了。

高中开学了，到了一个全新的环境，认识了新同学。她以为这样就能很快忘记小狼，却足足用了一年。

她的课桌上面，用铅笔轻轻地写下了小狼的名字。甚至是每次在别的班级考试的时候，提前答完卷的她也会在课桌上一遍又一遍地描绘着他的名字。

她想，一定要追上小狼的步伐，争取和小狼考进同一所大学。

她还和我说，告诉你一个可笑的事情，每一次坐公交车下坡，失重的那一瞬间，都会在心里默念，小狼会喜欢我。

这个习惯，甚至到现在都改不了。哪怕我现在已经完全不喜欢他了。

时间是最好的解药，能解一切相思愁。一切，不过只是时间问题。

她渐渐地忘了他，文理分班以后，课桌上再也没有小狼的名字。

高考以后的初中聚会，他们见面了。小狼还是那样光彩夺目，安远变得更加美丽。她看着他，回想着那个暑假。

酒过几轮，她打趣地问他，那个时候，你是不是把我设置成了在线对其隐身的人。

他惊讶了一下，说你怎么知道。

她说，你DNF的等级一直在升，而QQ又没上线，没道理啊。

他说，那时候我每次上线你就找我，玩不了游戏，就把你设置成在线对其隐身的人了。

她说，你知不知道那个时候我喜欢你啊。

饭局以后大家去了KTV唱歌。

不知道是谁点了《逍遥叹》。

前奏一响，安远愣住了。

岁月难得沉默秋风厌倦漂泊

夕阳赖着不走挂在墙头舍不得我

昔日伊人耳边话已和潮声向东流

再回首往事也随枫叶一片片落

爱已走到尽头恨也放弃承诺

命运自认幽默想法太多由不得我

壮志凌云几分愁知己难逢几人留

再回首却闻笑传醉梦中

还是像3年前一样，无论是音调、音色，还是所有的起承转合。

小狼回过头看她，就像3年前一样，课间的时候转过头和她说：我给你唱一首歌吧。

嘿，我想成为你的鹿

"嘿，我想成为你的鹿。"

"什么？"

"I want to be your deer（dear）."

突然随机播放的音乐，歌名叫《我多么想成为你的鹿》。

我多么想成为你的鹿

有宽容的眼神和厚厚的胸膛

在这个被时间遗忘的地方

共度悠长的午后或者一个梦

当黑夜无声坠入

你的心变得荒芜

忘不掉总是那些最微小的事物

深夜总是让人想起很多以前的故事，那些爱过的人以及忘不掉的时光。有句话说，我爱你，与你无关。无数人对此表示认同，好像暗恋这件事，比一段轰轰烈烈的爱情还让人记忆犹新，卑微、敏感、脆弱，又总是容易满足。

只要他在人群里往你这儿多看了一眼，就会以为他是不是也在偷偷注意自己；只要他朝你笑了一下，哪怕只有一秒，也会让接下去的几天都充满阳光；只要他给你朋友圈点了个赞，那这条朋友圈便成了浪漫的甜甜圈。

明明那么喜欢他，可却有自己不能把爱说出口的理由，或许是害怕失去，害怕告白失败以后彼此连朋友也不是，就彻底成了陌生人，不如一个人暗自喜欢着，等到那一天，自己不爱的那天，和自己说一声到这儿吧，这段暗恋就走到了终点。

爱得很深，走得安静，不哭不闹，等到有一天真正放下，再回过头和他说一句：嘿，你知道那时候我有多喜欢你吗？

暗恋的美好就在于此，一份寂静的欢喜，构成一份难得的青春。

我便亲眼见证了这样一份轰轰烈烈的暗恋，故事的主人公是高中时坐在我前面的木可。以下就交给木可来讲述吧：

故事从高二讲起，那时刚刚和男友分手，正处于治愈疗伤期。

本想中午就不吃饭，饿自己三天以表伤感之情。

11：40，怎么还有5分钟下课，肚子好饿啊。说好的不吃饭呢，算了管他呢，要对自己好一点。

"阿强，你中午和谁吃饭啊？"我转过头去，问我后面一哥们。

"和我原来班级的同学一起啊。"

"那我能和你们一块吃吗，没人陪我吃饭了现在。"

"你和你男朋友分手了啊？"

"嗯……"

阿强带我去见他的同学，下楼转角左手边第一间教室是他们的碰面地点，除了我和阿强，都是学理科的，老师拖堂拖得厉害，等了5分钟人才到齐。两个乖巧的女生，还有一个貌似是热爱运动的男孩。阿强互相介绍着，方才得知那个男生叫靳。

基本上接不上他们的话题，就在一旁听着。加上刚刚分手，心情不好也不怎么想说话，可是又不愿意一个人去食堂吃饭，因为一个人去吃饭的话，被他看到，会觉得我特别可怜吧。这时候，一群人在一起会让我觉得特有安全感。

"听说你学习很好啊？"这时候，靳凑上来和我搭话。

"啊，没有啦，一般般。"我尴尬地搭着话，没想到他居然会来主动和我聊天。

"我学习不好，尤其是语文和英语，以后有机会向你多学习学习，嘿嘿。"靳大咧咧地笑着，手挠挠头，不好意思地说着。

我侧过头看他，第一次认真打量起我面前的这个男孩。夏天的太阳正好照在他的脸上，那么干净纯粹的笑容，脸上一颗青春痘也没有，一米七八的个子，没有被衣物遮挡住线条感十足的小臂，温暖的声音，细碎的头发，健康小麦色的皮肤。

他的笑容好温暖，刚刚失恋的雾霾似乎被一扫而光了。

后来的午饭晚饭，我都让阿强带着我去找他们一起吃饭。渐渐的，我走出了失恋的阴影。和他们待在一起的感觉很舒服，是那种完全不在意今天穿什么，头发油不油，脸上长了几颗痘痘的舒服。

不知道从什么时候开始，我每天盼着下课，盼着和他们一起吃饭的那半个小时。又不知道是从哪一刻开始，我好像喜欢上了他。

或许是第一眼就爱上了他，原因可能只是他那天穿了一件白衬衫，笑起来的时候牙齿很白，有一个可爱的酒窝，或者笑着轻轻拍了拍我的头。

也或许是我渐渐地发现了他的可爱，他的温暖，他的善解人意和体贴关怀，发现自己看不见他的时候会失落，就在毫无预兆的某一天里。

再加上记忆里，那天很暖和，天很蓝，云很白，暖洋洋的阳光洒在身上，我趴在晒在阳台的被子上，脑海里出现了他的模样，于是，我喜欢上了他。

因为是朋友，所以怕告白之后连朋友都不是，怕自己最后连说话都变得尴尬，于是以朋友的身份继续待在他的身边。

有多少人，以朋友的身份爱着自己喜欢的人。

能够做他的朋友，就已经很好了，我对自己说。

我们的关系随着时间的推移而变得越来越好。

靳在食堂买了一碗绿豆汤，排队打菜的时候，拿着勺子，当众喂我吃了一口。虽然他也喂了其他人，可这并不妨碍我暗自开心上好久。

我在日记本上写着，今天排队的时候，靳居然喂我吃了绿豆汤，就像情侣一样，好开心。那天晚上，我差点连觉都睡不着。

这应该就算间接接吻了吧，这样想想，就更兴奋了，捂着被子笑得打滚。

有天吃完饭上楼回班级的时候，碰上靳的同学下楼，靳在前面走着，同学问他，你老婆呢。

他说，在后面。

那时候，后面就我一个人。

愣了一会儿，我大骂道：走开啊，谁是你老婆，滚蛋！

结果那天晚上又高兴得差点没睡着。

又有一次，不知怎么就生病了，半夜突然醒来狂吐不止，叫室友给班主任请了假，躺在床上休息。饭也没吃，午休的点，寝室门开了，真的是靳。

我盼望了一早上他能得知我生病的消息，然后果然他来看我了。可是一开始我不断告诉自己不要想太多，没准他什么也不知道，也没那么关心我。

靳踩着凳子，趴在上铺的栏杆上，拿手碰了碰我的额头，问我怎么了。

"你怎么知道我在寝室啊？"

"中午你没来一起吃饭，就问了阿强，阿强说你生病了，就过来看看。关心关心，嘿嘿。"

我勉强爬起来，往床下看了看，"哦，那你没给我带饭啊？"

"我不知道你没吃啊，要不要去给你买？"

"哼，那算了，反正我也不饿。"

"嘿嘿，那你等着，我去给你买点吃的。"

从来没有哪一刻，让我觉得生病也这么美好。如果他可以每天给我带饭，陪我聊天，那我宁可每天都生病。那时候真的就这么想着。

高二升高三的那个夏天似乎是我过得最快乐的暑假。我每天与阿强和靳他们待在一起，因为学校规定留校补习，虽然马上高三了，但一点也没有高三的紧张气息。

所以很多个夜晚，我们总是会偷偷溜出教室，出去买西瓜、打桌球、玩网游、唱歌、散步、骑车，好热闹。

我还记得那天晚上我骑着车载着他，突然他问我：有没有听过3D环绕立体声音乐。

我还没反应过来怎么回事，他就把手机掏出来放起了音乐，然后用手在我左耳和右耳间来回打转，别说，还真是环绕立体声。

我笑着说他神经病啊，他也跟着我一起笑了。

那个晚上，又是一夜未眠。

我和他唯一一次的牵手，是在漆黑的大礼堂。

那天放学特别早，我说，带你去个好地方。

"哪里啊？"

"嘿嘿，去了就知道。我发现的秘密基地。"

来到学校的大礼堂，从一扇没有锁住的窗户翻进去，走进内场。

一片漆黑。黑到伸手不见五指。

我趁机牵住他的手，他没有甩开我的手。可能是因为黑暗，也或许是害怕，他也紧紧握住我的手。

牵着手穿过大礼堂的舞台，每一步都走得很小心，很慢，恨不得时间就此停留。我在这偌大的舞台上，牵着他的手，突然很想亲上去，就算从此失去他。

但最终我也没有亲上去，因为我害怕失去。

走到了电闸室，开了灯，他迅速地松开了我的手。我装作没事一样，开心地说："你看，那里有一架钢琴，我给你弹一首曲子吧。"

"你还会弹钢琴？"

"那必须啊，多才多艺。"

我总是渴望在他面前多表现一点，好像多表现一点，就会让他多关注我一点，说不定有哪一瞬间，我也打动了他呢。我总是这么暗自期许着。

我曾无数次幻想表白成功的场景。也曾无数次幻想，靳再也不理我的场景。

我每天在自己的幻想里不断幻想，幻想着每一帧有我和他的场景。

有一天，我意识到，我似乎不能离开靳。而这一天的到来，恰恰是我慢慢失去的开始。

对靳越来越依赖，时刻都想黏在他身边。这让靳似乎有所察觉，然后故意地有所远离。

青春时，你暗恋的人，一举一动都会在你眼里放大，放大，放大到说话的每一种语气，每一个不经意的小动作，甚至是眼神，你都能在内心上演一场盛大的话剧。

所以，我或许知道，他是不爱我的。

高考临近，我找到了新的伙伴一起吃饭。燥热的天气，不愿意离开有空调的教室一步，很少见到靳。似乎之前那些热切随着窗外的热浪一起蒸发不见，像梦一样。

偶尔做题做到一半，会突然想起靳，想起那阳光的笑容，苦笑一声，继续低头做题。栀子花开的季节，是毕业的味道。

领完分数条准备回家，碰上来领分数条的靳。似乎有太久没见过了。

"你考得怎样？"我问。

"可能要复读吧。"他随意地说着。

"啊……"

鼓起勇气，我说："那，最后拥抱一次吧。"

他同意了，张开双手。

白色耐克短袖上面是洗衣液的味道，他身上有专属于阳光的气味，还有栀子花的香味，我把下巴放在他的锁骨上，像情侣那样拥抱，贪婪地嗅着一切，记住所有的一切和他。

就在那刻，我很想紧紧抱住他，然后说，你知不知道我喜欢你，很久很久了。可最终还是忍住了，毕竟已经忍了这么久，别再最后破功了。

于是，我像朋友那样，和他挥手说再见。

毕业之后，我和他就很少联系了，每年和他们聚一次，可终究发现自己还是不能融入他们这个团体，所以后来他们也没叫我，我也没问了。

我还记得印象最深的一次是那年考研，前一天他居然打电话问我，准备得怎么样，叫我好好考，说我一定可以的。

或许也正是因为这通电话，最后我顺利考上了自己想去的学校。

这结局也说不上太坏，对吧，阿强。木可问我。

我问她，你知道他前段时间结婚了吗？

她说，我知道啊，新娘不就是当初暑假和我们一起吃过饭的他当时的女朋友吗。

我说，是啊，你什么感受？

她说，看到他们结婚照的那一刻，还是有点难过的，喜欢了那么久的人，好像从此以后，就再也没有希望，也更加不敢打扰了。我还记得读研那年暑假，我回南昌单独约他吃了一顿饭，他选了一家很有情调的饭店，那是我第一次去这家餐厅，也是最后一次去。他胖了好多，可即使这样，也不妨碍我觉得他好看，胖了也是那么可爱。

他在饭桌上问我有没有谈对象，我说没。他说干吗不找一个，要求不要那么高，主要有个人可以照顾你，你看你一个人在外地多辛苦，有个人知冷知热的，多好。

就在那一刻，我好想告诉他，那个人是你的话，该多好。

可最后我还是笑着说好啊，我尽力。

原来他是关心着我的，阿强你知道吗，那一刻我真的好感动，好像有了这句话，孤独一生都值得，还挺傻的。

那时候是真的喜欢，可后来也真的放下了。不一样的生活轨迹、不一样的地域和工作，终究是不会在一起的。可有那么一段属于他的回忆，有那么炽热的暗恋着的心情，回过头想想，就挺满足了。

你说，得到后失去，和想得到却从未得到所以不曾失去，这两个哪个更心酸一点？

得到后失去，是人生常态；想得而不可得，是常态，也是一种遗憾。

可有时候，遗憾更让人意犹未尽。我想，如果再让我们回到那个可以安静地暗恋着一个人不求任何回报的时候，我们依然会再做一遍当初的选择。

很多事，说出来那刻就失去了回味；有的人，没有得到过才是真的拥有。

就像文章开头那首歌的名字，我想成为你的鹿，也只是想而已，并不是我要成为你的鹿。

如果是"要"字的话，就多了份勉强，而"想"这个字，才最符合喜欢一个人的心境，因为只是我想，不要你想。

我们用力地爱过，终究也只能错过

我很喜欢听别人的情感故事，不一样的开头，却大多逃不过相似的结局。也难怪，情感总是苦情的多，诉说着所有的爱而不得，或者追悔莫及。

可是如果给他们再一次选择的机会，该错过的依然错过，该后悔的继续后悔。我们一边怀念，一边成长，再一边告别。

把值得纪念的事在当下记录下来，不至于等到回忆时一片空白，文字就是干这事的，所以我喜欢写字，因为看上去没有感情的铅字，其实比很多人还有心。

这篇故事，是我和木白在老家吃着烧烤的时候听来的。那天，木白的前女友果果恰好发了条朋友圈，那是她和另外一个男生的合影。

我看到木白很仔细地用两个指头把照片放大，再放大。那是一张吃饭的合影，一个男生把手搭在果果的肩膀上，把她搂在怀里。

木白拿着照片问我：她是不是变瘦了？就像当初第一次发给你看她的时候，似乎就是这般模样。

你看这个男生，戴着眼镜，斯斯文文的样子，看久了也还不错。虽然比我是差点，但还不错吧，你说呢？

我没说话，但我看到木白眼圈里泛着泪光。他干了杯中的酒，说：今天这风真大，沙子全进眼睛了，拿点纸给我。

我把纸递给了他，然后他说起了这段故事：

阿强，你知道吗，我其实一直以为她还爱着我的，只要我回去，回过头她就会在那儿等我，可就在刚才那一瞬间，我知道，我终究是失去了她，彻底地失去了她。

我手机里还有倒计时这个软件，上面写着：我们在一起共549天。而分手，已经116天了。

我还记得我在嘉峪关的时候，哭得和智力障碍者一样。那是她和我说分手的那天。

那天以前，我们已经冷战了3天，原因我记不清了，只是她生气了，而我这次想知道是不是我不去找她，她也不会找我。

年轻的时候总是会为着事后想不起来的鸡毛蒜皮的小事吵架，也喜欢赌气着看到底谁更在乎谁，结果到最后，赌输了，人也走了。

在雅丹魔鬼城的时候，在阳关玉门关的时候，在西北无人区的时候，我看着黄沙漫天的景象，我对着远方大吼，沙子打在脸上，极其符合我的心境。荒凉、无助，就像被抛弃在了这荒芜。

直达上海的火车票已经没了，于是行程订的是先到嘉峪关，再到兰州，最后到上海。那天下午到的嘉峪关，离凌晨的火车还有不少时间，本来打算去嘉峪关城楼看看，却没想到嘉峪关却成了我不愿再去触及的词。

下一班火车是凌晨的，所以我就去网吧消磨时间，到网吧的时候发现居然是无烟网吧。就发信息给她，说嘉峪关的网吧真的没有烟味，好干净。

因为我记得她曾经总是和我吐槽，说好多地方的无烟网吧都是假的，一堆人抽烟，难闻死了。

那是3天后我第一次给她发信息。我不喜欢冷战也厌倦了冷战，不想再赌谁更爱谁，只想开开心心地谈恋爱。

过了很久，她回复了说，嗯，重庆的也是。

我说，如果你不爱我了，告诉我好吗？

她说，那我们分手吧。

我说，你认真的？

她说，嗯。

我立马下机拖着行李箱离开网吧。那一刻，我慌了。我突然想抽自己一个巴掌，怎么会问这么幼稚的问题。

我开始疯狂地给她打电话，一个，两个，她一直没接，我就一直打，电话终于被她接起来了，她说，喂？

我说，你真的是认真地要和我分手啊。

她说，嗯。

就那一瞬间，我没出息地蹲在路边哭了出来。抱着自己的脚，把额头靠着膝盖，我说：可不可以不分手啊，我真的舍不得你。

我看到路边的猫会想到你，看到重庆会想到你，看到火车会想到你，看到地铁会想到你，看到可可会想到你，看到水煮鱼会想到你，看到你的大学会想到你，我每天每时每刻都会想到你。不要分手好不好，分手了我和谁去说晚安早安。每天这些开心难过的小情绪，我该说给谁听。我去哪里吐槽，去哪里报喜，吃到好吃的东西该和谁说，看到美丽的风景该和谁分享。

我们一起去过那么多城市，吃过那么多好吃的，有过那么多开心的时光。可不可以，不要和我分手啊。

这一年多来，每一天都有你的参与。我不能，没有你啊。

她的态度出奇地决绝，哪怕我已经哭得用完了一包纸巾，她还是要和我分手。

扯到最后，依然没能改变她的心意。我拍拍屁股上的灰，拖着行李箱，一边擦着眼泪一边去检票。

我说，我要进站检票了，先挂了，待会再聊。

她说，那我先睡了。

该死的火车又晚点，本来凌晨一点的火车，愣是要两点才检票。

嘉峪关的火车站出奇地小，坐满了人，我坐在台阶上，给她发着微信，不再有回应。

接下来两天的车程，信号一直不好，手机处于半瘫痪状态。只能躺着，可我的脑子里，全都是她。

她回我微信的语气总是不冷不热，我这才明白曾经那样热切的聊天有多珍贵。总是失去了才知道珍惜。

归程是那样的漫长，我在这样晃荡的车厢里，想起了曾经和她在一起的一点一滴。

想起刚刚认识她的时候，那会儿在老家过春节，和朋友出去唱歌的时候第一次见她，本来躲在角落特别害羞，轮到她唱歌的时候，却吸引住了我的目光，可能是我自己唱歌太难听了，所以但凡是在调上的我都觉得好听，当然，主要是人好看。然后我就趁着换位子的时候趁机坐在了她身边，开始和她有一搭没一搭地聊天。

KTV的好处就是背景音乐太大声，所以讲话都要对着耳朵讲，明明是第一次见面，却仿佛已经暧昧了好久。

剩下的日子里，我就有事没事地喊她出来，吃夜宵、看电影、玩桌游、喝奶茶，她有辆电动车，在小城市有个电动车就足够方便了，载着我满城跑。

我们的进展很快，主要归功于那辆电动车。她的电动车没有篷布也没有手套，我看她骑车冷，于是后来都是我载着她，她也不忍心看我冻着啊，所以先是抱着我，然后好几次把她自己在口袋捂热的手放在我手上，替我分担这寒冷的风。

一个过年的工夫，她带着我把全城都逛完了，甚至做了文章里写的：和情侣在某地必做的50件事。

寒假结束，我们都回到南昌，可我们住的地方离得很远，那会儿又没有地铁，我们一个在城东，一个在城西，见一次面还挺困难的，可也正因为这样，每次见面约会都让人印象深刻。

让我印象最深的一次，是那天约好了中午一起去市区吃饭，我下楼的时候却看到她竟然就在我的楼道口等我。

还没等我表达惊讶和喜悦，她就和我说，快憋死我了，我先上个厕所。

原来那天她早晨5点就起床然后赶到我家楼下，她怕上厕所的时候，我正好走掉，所以一直守在楼下不敢离开。

她太可爱了。

这样的事例还有好多好多，比如她总是带我去吃新开的餐馆还不告诉我吃什么，总是把火锅的最后一块肉留给我，为了给我惊喜自学打毛衣就为了给我织一条围巾，每次约会都想着法地给我惊喜。

阿强你说，这么好的一个人，怎么就被我给弄丢了呢。

前几年南昌终于通了地铁，从城东到城西现在只需要半个小时，可是那个曾经花费两个半小时来找我的人，却被我弄丢了。

是我先丢了她，她却从未负过我。

木白把故事说到这里，再和老板点了两份烤生蚝，他和我说，这是她每次吃烧烤想点又不舍得点的，今天我就要吃个够。

我看着木白吃着生蚝的样子，看上去有滋有味其实心里挺不是滋味的吧。把喜欢的人弄丢了的滋味是什么呢？

就像是你喝了好几年的奶茶，你以为它永远都会在那儿，只要去就可以喝到熟悉的味道，可直到有一天它倒闭了，你找遍全城也找不到它的踪影，哪怕别的店也有这个名字的奶茶，可却不是那个味道了。

别人问你，那是什么味道呢？你也说不上来，只是知道，你可能这辈子，也再吃不到那个味道了。

还没来得及好好说再见，就已经再也不见了。可分别就算再郑重，又能怎样呢？

我们总在琐碎生活里，渐渐习惯了别人对你的好，等到别人把所有对你的好都给了别人，你才意识到原来自己曾经拥有一整个甜甜的宇宙。

木白把果果弄丢了，你别也把心爱的她给弄丢了啊。那滋味，不好受。

多少个互道晚安，到最后不复相见

如果你问我，最容易毁掉爱情的是什么？

在我看来，是信任。信任就好比是爱情的基石，一旦开始出现裂缝，就会随着时间的流逝而一点点扩大，直到撑不住上面的瓦房，然后坍塌。

压死骆驼的最后一根稻草，就是你的最后一次猜忌。

诚然，在成人的世界里很难再去百分百地信任一个人，因为我们习惯了保留、习惯了善意的谎言，也习惯了猜忌。

是过去的经历让我们有了这些保护自己的习惯，因为害怕再一次受伤，所以我们会在下一次恋爱中更加谨慎。她是不是没有我爱她的多？她是不是和我在一起有别的目的？她为什么不接我电话，是不是在做什么不想让我知道的事？她为什么不让我看她的手机，是不是里面有什么秘密？

于我而言，感情里相信对方，就是我知道她不接我电话一定是现在有很重要的事没办法接电话或者压根没听到电话；是我看到她的手机放在身旁而不会产生想要窥探的念头；她出去玩我不会担心她是背着我和别人约会。

猜忌太累，我宁愿选择相信。而相信太容易受伤，那么我宁愿受伤。至少这样，在挥手告别时，我是问心无愧的。

这篇故事的主人公都是我的读者。我先认识了甜雾，因为他在我的读者群里很活跃。

我和甜雾真正熟络起来是因为在王者峡谷里一起开了几次黑（玩游戏时，可以语音或者面对面交流，也指组成一队进行游戏的行为）。他从来不骂人，声音好听，关键是总赢。

有天名叫乐雨的申请加我好友，通过以后她惊讶地告诉我，她发现我的朋友圈里有共同好友，因为她发现甜雾给我点过赞。

我说，你们怎么认识？

她说，甜雾是我前男友，你这个公众号就是他介绍给我的。

我不曾问过甜雾的感情生活，于是这一次，从乐雨的口中听到了他们的故事。

他们相识于交友软件，甜雾对乐雨很好。

乐雨周末总是出去兼职舞蹈老师，每一次甜雾都会陪她去，无论在城市的哪一个舞蹈房。在门口一等就是半天，甜雾从来不抱怨什么。

我想到甜雾坐在舞蹈房前安静打王者的样子，都觉得画面很可爱。

不光如此，乐雨说自己喜欢有点肌肉的男生，甜雾就开始健身，所以才有了我认识的有着胸肌和腹肌的样子。

从不健身到健身，从身材平庸到出彩，我知道这其中要下多大的决心。

很羡慕乐雨，曾经有个如此待她的人。

那这么幸福的话，为什么你们还分手了。我问她。

乐雨说，其实也怪自己作。

她不放心自己的优质男友，于是重新下载了交友软件，去上面找寻自己男友的足迹。

结果，还真找到了。

虽然资料写着是恋爱中，可乐雨就是不懂为什么他还留着这个软件。

于是她用小号开始和甜雾聊天。

"约吗？"乐雨一上来就这么问。

"不约，有对象。"甜雾回。

"那你怎么还留着这个软件，不怕对象发现吗？"

"就偶尔上来看看，聊聊天而已。"甜雾回。

乐雨不懂，为什么有对象还要和别人聊天。这就是所谓的新鲜感吗？

乐雨不和男友摊牌，却总是偷偷地登软件，看男友的上一次登录是什么时候。

如果是一天之前，那么乐雨的心情就会释然。如果显示的是几分钟前，那乐雨的心情则会瞬间失落，甚至还会比对他上一次和我的聊天记录是什么时候，是不是光顾着玩软件都不回信息。

信任就在这样的猜忌中一天天地消逝。直到有一天彻底地爆发。

哪怕乐雨知道甜雾没有做对不起她的事情，可她心里却耿耿于怀。

就像分手前甜雾对她说的："假如我想约，就算你每天查得再严，我还是有机会可以约，你怎么就不能相信我？"

"那你就不能为我删掉这些软件吗？"乐雨吼道。

"我就上去看一看，就和你每天去微博看那些鲜肉不是一样？"甜雾说。

"当然不一样，反正你就是想去找新鲜感，万一你碰到一个好看的人来勾搭你，你最后没有把持住怎么办？"

"你要这么想我还能有什么办法？"

这样一句让人炸毛的话彻底宣布了恋情的结束。

"那你去软件上找能容忍你的人去，我们分手吧。"

"如果再给我一次机会，我一定不会这样失去他，"乐雨和我说，"可我依然过不去自己心里的坎。"

"只要你不相信他，你就还会再一次的分手。"我说。

甜雾和乐雨分手后，即使依旧登着软件，可也只是习惯性动作而已，就像他自己说的，就仿佛是睡前刷微博一样。

可对方却会以为，是在你说了晚安之后，打开了另一个聊天框。然后整宿地睡不着，想着你是不是又认识了新的朋友。

多少感情，毁在了相互猜忌和彼此的不信任。

乐雨说，甜雾现在还是单身，他们偶尔还会笑着聊聊天。回想起那些年彼此的争吵，现在觉得都没什么，不懂当年为什么要歇斯底里。

其实类似的事情也曾发生在我的身上。还在读书的时候，前任控制欲很强，无论在哪儿和谁在做什么，事无巨细都要汇报，更厉害的是，她甚至把我们的QQ绑定了，我可以随时切换到她的账号，她也可以随时看到别人给我发来的消息。

每个好友的每段聊天都是在这样的监控之下。当然，不可否认的是，我也时刻在关注她的对话。

一开始，我们总是把绑定这件事看作一件值得炫耀的事：你看，她多相信我，所有对话都可以给我看。

可后来心态却变了，变得越来越多疑，只要出现任何可疑的对话，她都会迅速切换账号，看看我们之前在聊什么，是不是背着她在做些什么。

最后那根稻草是在寒假被压坏的，回到老家的我和好久未见的同学喝着奶茶聊着天，因为不喜欢聊天的时候玩手机，所以几个小时没有回复信息。这就被她视为有情况，开始生气，和我吵架闹冷战。然后趁我睡着了，切换到我的QQ，和那个同学宣示主权，大半夜的发一大堆话和照片过去。

你或许会说，这很正常啊，毕竟出发点是因为爱你。

可有多少困扰同样是打着爱你的旗号造成的？爱得太过、太紧，才会让人喘不过气。

所以啊，猜忌多疑的爱，从来都不是成熟的爱。也正因为爱得不成熟，才有了那么多的困难，才有了那么多，我明明很爱她，他也很爱我，为什么我们最后却没有在一起的哀怨。

我们为什么会猜忌？

因为不信任。

为什么会不信任？

因为没有安全感，因为没有感受到爱，因为可疑的行动，因为突然的暧昧短信，因为背着我偷下的软件，因为不带我去看电影，因为和别人去吃饭，因为不肯发我们的合影……

任何一件小事，都会引起你的猜忌。

但你要知道，如果他要出轨，你永远阻止不了。而出轨这件事，只有零次和无数次。

那我们能做什么呢？

说句励志但很现实的话：不光单身要提升自己，恋爱中的人，更要提升自己。

新鲜感是很血腥却又很现实的东西。你们能做的，是不断保持新鲜感：

努力去健身房健身，练出好身材穿上性感的外衣，让他不得不把你看紧；学一门外语，当着他的面和外国人滔滔不绝地交谈，让他由衷佩服；努力赚钱，学习新的技能，哪怕只是开始试着做饭练字，一切正能量又温暖的活动，都会让他的目光专注在你的身上。

你要做的，不是趁他洗澡的时候偷看他的微信聊天记录；也不是猜忌他不在你身边的日子在干吗；更不是时刻怀疑着对方是不是还爱着自己。而是让他无论在哪里，都把眼球盯在你身上。

最后，哪怕分手，后悔的也是他。因为你一转身，便是万紫千红。

做一个成熟的爱人，去再相信一次爱情，就当作未曾受过伤那样；做一个新鲜的伴侣，去勇敢尝试新事物，就像孩提时对世界充满好奇；做一个自信的自己，去相信并期待自己，就像所有的主角那样，一切好运都会来到你身边。

以前打扰了，以后不会了

我真切地抱住了他，最终抱着的却只是自己。

强哥，和你说个故事，你别笑我傻。姜岩一边涮着手中的毛肚，一边和我说。

好啊，又有故事可以听了。我说。

其实说出来还蛮羞耻的，感觉不是什么光彩的事，但总憋在心里挺不舒服的，索性就着火锅和啤酒，和你说了吧。

我至今还记得那天晚上，10月1号的晚上，我趴在床上，旁边是他刚刚脱下的衣服，深吸一口，埋醉在他的气味里，那是雪融化时的味道，还有残余的香薰。

他把那薰香抹在我的头上，凑过来闻着发梢的味道，然后往下靠近我的脸，鼻尖触碰，自然而然地吻了下来，薄薄的嘴唇，柔软的触感，偶尔兴奋地用牙齿咬住他的唇，每一次呼吸，都吞吐着激情。

时间回到一个月前，和他第一次见面是在一个面试场，他坐在我对面，穿着合体的西装，短头发却依然看得出是精心打理过的，黑框眼镜下不大的眼睛却很有神，一边嘴角向上一咧，邪魅。我就这么直直地盯着他，像着了魔。

似乎很久没有敢这么直勾勾地盯着一个人看这么久。怎么看都不腻，怎么看，都不害羞，怕少看一眼，就少了份欣喜。

"您好，您对于设计行业有什么自己的看法？"

声音居然也很好听。怎么会有这么精致的人，我心里暗想。

盯着他的眼睛，自信的微笑，露出练习很久的自认为最标致的表情，一一回答着问题。

回去的地铁上玩着手机，发现微信上有个人添加我为好友，点开来看，申请信息是"某公司，峻空。"

我的天，面试官居然主动加我。感觉这份工作有戏了。

迅速地点了同意的按钮，主动发信息过去，"您好，今天辛苦您了，如有表现不到之处，还请多多见谅。"

没想到他很快就回了我，"表现挺好的，继续努力。"还有一个咧嘴笑的表情。

然后开始有一搭没一搭地聊天，得知他是看我简历上的联系方式，试着用手机号加我好友，没想到真加到我了。

还挺用心的，当下我这么想着。

"下次有空可以一起出来吃个饭，聊聊。"最后，他以这个热情的邀约作为话题的结束。

"那当然好啊。"我迅速地答应了，期待着下次，却又怕这只是一句客套。

动心的男神加我微信，这让我一整晚带着甜蜜入睡。

"今晚我有空，要不要一起吃个饭？"半个月后，峻空发来微信问我。

"好啊。"我秒回。明知道女孩子应该矜持一点，可还是抑制不住地秒回加应约，哪怕今晚其实约了另一个朋友吃饭。

"想吃什么？粤菜川菜闽南菜，还是其他什么？"峻空问我。

考虑得真周到，只需要挑一个自己喜欢的菜系就好，好像这也是第一次有人这么问我，感觉对方一定是个体贴的人。

"随便啊，我都可以的。"

"那就台湾菜吧，你那里离浦西近不近？方便过来吗？"

好暖的男生，照顾你的吃饭习惯，设身处地地为你着想。

"嗯，可以的，不是很远，那您快下班了和我说吧，我提前算好时间出门。"

然后，整个下午都在想着晚上穿什么衣服，喷什么味道的香水，化怎样的妆。

穿上玻璃鞋，去赴王子的一个约。

静安寺的灯光有些迷醉，随着地图的导航来到一家餐馆门口，不是很明亮的灯光给所有的人打上了阴影，有些梦幻，彩色的光晕就如同一个绚丽的梦。

峻空出来门口接我，领我到座位上，店里大多是外国人，没有大声的喧哗，更多的是三两朋友之间的恰到好处的谈笑。所有的一切看上去都恰到好处。

这是我第二次见峻空，还来不及脱下西服的他在昏暗灯光下显得更加有魅力了，好像是真的迷上他了。

他向我推荐这里的菜品，和我说他刚刚新买的手机，说他去旅行的故事，拿出ipad给我看他的旅行照片，还有他住处的照片。

无印良品的性冷淡风格，其实却是那么的温馨。嗯，以后赚了钱，自己家也要装扮成这样。

他旅行了许多地方，国内外，总是笑得很灿烂，照片也拍得很好。

突然想好好学习摄影，然后帮他拍照，甚至，想帮我们拍酷炫的照片。

饭吃完了，其实菜的口味我都忘了，只记得私下里的他，是那么温暖随和。让人想一直盯着看，就像第一次见面那样，充满魔力。

吃完饭，走出餐厅，他问我今天还有什么事吗，没事的话我们随便走走可以吗？

哈哈，我现在待业在家，能有什么事，当然可以啊。

我丝毫不掩饰自己的愉悦。他肯定对我有好感，不然就直接各回各家了，我在心里这么想着。

那晚风很清澈，从头到脚趾都很快乐。

他带我去一家饮品店，坐在吧台前继续闲聊着，我也不知道为什么第二次见面的人会有这么多聊不完的话题，我们都没有看手机，那么，应该对彼此都有好感吧。

趁他上厕所的时候，我偷偷把账付了，两杯饮料100块的价格对于学生党来说其实并不便宜，但竟然没有觉得那么心疼。不过偷偷付账这事已经很久没有做过了，或许只是想让他觉得我不是那么小气的人，还想让他约我下次再出来。

去赶末班车的地铁，下楼梯的时候，他问我十一（国庆）有没有空，晚上他室友不在，可以去陪陪他。

我愣了一会儿，没太听懂，便说了声到时候再说吧。然后就各自分开。

分别的岔口，我往前走了几步，回头看时，他已消失不见。

坐车的时候回想起整个晚上，所有的细枝末节装饰着我的梦，他的笑容、声音，所有的一切的一切。

下地铁那刻，我给他发微信，说我到了。结果却发现自己被他删除了！我停在路边好几分钟没缓过来，明明刚刚还好好的，明明对我应该有好感的吧，怎么就把我删了？

我怎么也想不明白，找到当时他给我留的电话，犹豫了没几秒便直接打了过去，心跳加快。

电话接通了，他好像没存我电话，问我：喂，您好？

我是刚刚和你吃饭的姜岩，嗯……你怎么把我微信好友删了啊？我终于是问了出来。

他愣了几秒，问我怎么找到他的电话的。

我说你自己之前发给我的啊。

他停顿了几秒，然后说哦哦哦，不好意思，可能刚刚在换手机，微信出故障了。

好假的借口，不过我也就只能相信了。

电话挂断，他同意了我的好友申请。他发了一句不好意思，我回他没事了。

应该是没戏了吧，我这么想着。亏刚刚自己还觉得是一见钟情，两情相悦，都多大的人了还相信这个。我叹了口气，好像刚刚找到的心跳的感觉突然消失了，还挺遗憾的。好久没有遇见这么让我脸红心跳着迷的人了，才见他第二眼，却已经想好了未来的一日三餐与四季。

可有了被删好友这事之后，我便知道他不是我能驾驭的，那么就算了。

我是算了，可是他却好像重新开始了。

接下来的日子，总是时不时地来找我聊天，突然和我说他喝多了，想找我聊天；又突然给我打电话，说他在出差应酬，好累；又突然给我发他酒店的照片，和我说住这么好的房间可是都不能好好休息，等等。

我会回复他的每条信息，可是却再不敢逗他，比如喝多了是不是想我，出差是不是希望早点回来见我，好的酒店是不是想和我住。我怕自己戏太多会冷场，更害怕是自己自作多情。

快到十一的时候，他问我，你十一有没有空，我去找你吧。

那个十一正好在市区做兼职，早8晚10的展览志愿者，其实不是很有空，可是我却回他，好啊，可是我下班比较晚。

他说没事，我等你。

一句我等你，就把我之前所有的疑虑给消除了。说不定，真的是因为换手机才无意把我的微信删除了呢，我这样对自己说道。

十一很快就到了。我按照他发给我的地址找到了他家，很好找，地铁口出来走几步路就到了，他家就在大马路边上，一看就很贵。

一出电梯就看到他。咦，你去哪里？

我看你这么久没来，怕你找不到，正准备下去接你。他回我。

哈哈哈好巧哦，不过我又不是路痴，怎么会找不到。我说。

他带着我去他家，两室一厅的格局，厅很小，只有一张饭桌，饭桌上有个咖啡机，两个房间很大，一个是他的，一个是他室友的。

他的房间就像我上次在他pad（平板电脑）里看到的那样，简单却温馨，他招呼我坐下，然后给我刚刚烘干的浴巾，"你看你一身的汗，快去洗洗吧。"他说。

他都让我洗澡了，是不是就暗示得很明白了。我心里想着。

我在他家好好地洗了个澡，把自己弄得香香的，然后穿好衣服在他房间里的沙发上坐下。

我探索着他房间里的一切新鲜事物，Bose的音响，GoPro的运动相机，香薰，各种远程控制灯。

然后他说，不早了，早点睡觉吧。

我说好。

都躺上床后，他说给你放一首我唱的歌吧。然后他点开唱吧，用音响放着自己录的歌。

还挺好听的，毕竟他音色就已经足够性感了。

听得迷迷糊糊的时候，他说关灯睡觉吧，然后起身越过我上方去关我右手边的灯。

这一刻，他离我好近好近，甚至都能听到他的心跳声。我看着他，他关掉了灯，我抱住了他，他亲了我。

他在床上摸着我的脸，念出我的名字，说，这是一个有趣的名字，还说，我是个可爱的人。

我问他，那你要不要和这个有趣的人在一起。他说，在一起什么。

我说，在一起生活啊。

他不作声。他想要更进一步，我拒绝了，说不要。

他也没有强求，只是好像突然没了兴致，再亲吻了一番后便开灯去洗澡了。

听着浴室里水落下的声音，滴滴答答，我把被子盖好，渐渐地放松刚刚激情过的心态，开始沉静下来，心跳变得正常，然后，睡去。

朦胧中我听到水不再落下，他走出浴室，向我走来，体贴地把床边的台灯关了，然后，走了出去。到另外一个房间。

我清醒过来，看着另一个房间的灯光，想着他什么时候过来，直到灯光关闭，他也没有走入这个房间，我也彻底醒了过来。

突然后悔，在他刚刚关台灯的时候，为何不突然伸出手，像电视剧男主角走过醉酒或是昏迷的女主角时那样，一把拉住，揽在怀里，口里呢喃着，不要走。

要是我也喝醉了该有多好，可以大哭大闹，不掩饰不装纯，一把拉住他的手，死活不让他走，扯上床，死死地抱着，然后幸福地睡去，还呢喃着，有你真好。

想象终归是想象，狗血偶像剧终究是狗血。

现实比残酷还要冰冷几分。

我失落、沮丧，我鼓起勇气，下床走向那个房间，蹑手蹑脚地走进去，他似乎是熟睡了，我坐下来，他翻了个身，露出手臂，我想握紧他的手，可我不敢，我就像一个没有谈过恋爱的小孩一样，手足无措，我慢慢地把手靠近他的手，他的手那么好看，修长白皙，我碰了碰，然后离开。

我嘲笑自己，我转身走开，路过试衣镜时，我看到我垂头丧气的样子，活该被看不上。

我回到刚刚和他躺过的床，他说这是他买的9厘米厚的床垫，我说怪不得这么舒服，可现在，只觉得这厚度让人喘不过气来。

他枕头上残留的气味，我用双手抱着膝盖，把自己抱得更紧。

或许，只有自己给自己的温暖，才是最真切的。

已经凌晨四点，还有五个小时就要上班，我勉强让自己睡着，居然真的睡着了，带着深不见底的失落，掉落在一个无底洞里，被黑暗吞噬。

订了8点半的闹钟，却在闹钟响之前醒了，明明很困，却没办法睡着，看了看手机，才7点半，关闭飞行模式，微信里除了群消息，也没有人找我，我翻来覆去，翻到了8点，索性起来。

我知道他有轻微的洁癖，一向不叠被子的我，把被子铺平，枕头放好，就像我未曾睡过一样。

走到他房间门口，把他房门带上，洗澡，刷牙，去烘干机拿出昨晚的衣服，一切都就绪以后，我把他的门打开，再一次，蹑手蹑脚地走进去，我站在他身旁，多希望他察觉到我，转过身，和我说一句话，哪怕是一句就好。

可是没有，他依然睡着。都说没有办法叫醒一个装睡的人，他是不是装睡我不知道，不过大概是吧，洗澡的声音隔着门也依然会听得很清楚。

我想亲吻一下他的额头，可我只是想想而已。转过身，试衣镜前的我比昨晚似乎高傲了一些。我多希望他能看到我潇洒离去的背影。

打开大门，关上，离去。

外面的太阳好大，我和自己说，都结束了。

回忆里的片段说不上温暖，记忆里的温存那么虚幻。

我想和他走心，他却只想和我走肾。多么无奈又多么现实。

想了很久，想装冷酷再也不联系他，还是没忍住，在聊天框里，说，我走了，假期快乐，还加上了个幸福的笑的表情。我以为这条发出去以后又会发现自己被删了，不过没有。

中午，他回了我一条微信，Thanks。

"故事差不多到这里就结束了，好像说出来也没什么大不了的，但我真的为这事难过了很久，那个十一假期就这么被糟糕的和不断自我怀疑的心情给毁了。不过强哥，你说他是不是从一开始就没看上我呢？我其实还一直心存侥幸。"姜岩问我。

"他看没看上你我不知道，反正我知道，就算看上了，和他在一起，你以后痛苦的事情会更多吧，这样也好。"我说，"后来呢，你们还有联系吗？"

"他偶尔会问我一些工作上的问题，我也会回复，不过不再是当初的秒回了，收到他的信息也不再有什么波澜了。好像看清之后，就真的放下了，自己没什么不好，也总会有人喜欢我的，虽然再难有小鹿乱撞的心情，可总会有执子之手的温暖。"姜岩说。

把这个故事整理出来，是我发现身边，包括自己也总是遇到这样的人，经历这样的故事。

自以为是、自作多情、自怜自艾。

有时候把对方想得太简单，有时候又把自己想得太聪明，大家都能看透的事唯独自己看不透。与其说看不透，不如说不想看透吧。

谁都知道当局者迷的道理，可谁又能在当局的时候保持局外人的清醒呢？爱情里，保持清醒太难。

有时候我们宁愿被骗，也想要自己感受到被爱；有时候我们宁愿相信谎言，也不愿相信是自己魅力不够；有时候我们宁愿沉迷于虚假的浪漫，也不愿活在真实的痛苦中。

就像姜岩一开始就知道她被删肯定不是系统故障，可她却宁愿选择去相信。

真抱歉，说好了不再想你的

　　我会突然想起你，可也只是想起而已。

　　你会不会有那么一刻，突然想到一个人，

　　想到他笑的样子，想到他打招呼的样子，

　　想到他说话的声音，想到他抱你的温度，

　　想到他靠近你的味道，想到他的一颦一笑。

　　可是，你想了半天，却想不起他的名字。

　　就在嘴边的名字，却忘记了叫什么。翻遍通讯录，才反应过来，好像已经连微信好友都不是了。

　　就这样，曾经熟悉的人，从此便陌生了起来。

　　明明发生过许多故事，却只剩下似是梦中的记忆。

　　他，真的存在过吗？还是，他只是我的一个梦。

　　郑栋和阿星是在学校举办的画展上认识的，阿星那年大三，郑栋大二。

　　郑栋是艺术生，参展的画有很多，可他发现有一个女生一直站在他的一副素描前，画中是另一个女生。

　　这时候，郑栋走过去，站在女生身边。"喜欢这幅画？"郑栋问她。

　　"还不错啊，因为别的画我也看不懂，同学来美院找人，我没事就来逛逛画展，这幅素描算是我能看懂的为数不多的画了。"

郑栋忍不住笑了出来，这女生也太直白了一些。

"不过，看上去这幅画的作者一定很喜欢画中的这个人，看眼睛就知道，眼睛里都可以反射出作者的爱意。如果画中人知道有人这么喜欢她，应该很幸福吧。"阿星继续说着。

"是吗？可我不这么觉得，这幅画比不上什么奢侈品，能被感动的人少之又少，或许她根本就不屑一顾。"郑栋说。

"谁说的，你又不是这画中的女生，你怎么知道她没有被感动？"阿星反问。

"因为，我是这幅画的作者啊，哈哈。"郑栋有些自嘲地笑着。

阿星吓了一跳，没想到作者就在身边，刚刚好像无理了。

"啊……不好意思，我不是那个意思，你画得很好，我很喜欢。"阿星一边陪着不是，一边观察起这个男生，目测1米8的身高，皮肤白净，不算特别好看，但是穿衣服很有品位，整个人显得很有气质。

看上去这么温暖有型的男生，怎么会有女生不喜欢，真是没眼光啊。阿星心里想着。

就这么，他们加了个微信，算是互相认识了。

郑栋偶尔会在微信上问阿星问题，但都是关于那个画中女生的问题，画中的女生叫欣梓，和郑栋隔壁班。

一开始阿星以为欣梓肯定有什么特别的魅力，才会让一个帅哥死心塌地追这么久，因为在阿星看来，欣梓长相并不出众，从素描和郑栋给她看的朋友圈都能看出来。

也没有什么画作，性格也很冷僻，甚至是不近人情，不然也不会吊着这么一个大帅哥，既不接受也不拒绝。也不知道郑栋哪来的毅力一追就是一年多。可能用郑栋的话来说，那就叫一见钟情吧。

好像那个年纪的人就爱感动自己，也好像只能感动到自己。

郑栋偶尔会来图书馆陪阿星，阿星看书，郑栋便在边上写写画画，等到图书馆闭馆的时候，郑栋会送阿星回宿舍，当然，这路途上主要谈论的话题，是郑栋问阿星，欣梓这样做或是那样做，是怎么想的，用女生的观点和思维来帮郑栋分析一下。

还记得郑栋第一次来图书馆后，身边所有的同学都意味深长地看着阿星，等到郑栋不在的时候，就在阿星边上说着，哇，上哪找了个高富帅，好好把握机会啊。

阿星总说她们讨厌，可心里却偶尔想着，要是自己是欣梓也挺好的，有个这么痴情的人爱着，就像青春小说里那样，愿得一人心，白首不分离。

可是如果郑栋真的这样追阿星的话，他们会有结果吗？阿星又不敢往下想了。

郑栋继续在图书馆陪在阿星身边，然后两个人在校园里散着步，说着关于欣梓的事情。

慢慢的，阿星知道了欣梓爱吃什么，喜欢的牌子，中意的明星，偏爱的色系，甚至是现在的学业规划和以后的职业规划。

时间不紧不慢地过着，阿星在图书馆安心准备考研，郑栋偶尔来图书馆坐在阿星身边。

在别人眼里，他们或许是情侣，可是阿星时刻提醒自己，他爱的不是自己，不要自作多情。

考完研的三月，阿星准备去重庆复试，恰好郑栋说他要去重庆看画展，于是买了同一班飞机前行。郑栋对阿星说，我是个路痴，这一路都靠你了啊。

阿星笑着说，好啊，等我复试完就一起在重庆玩几天。

也因此，本该紧张的复试之旅，有了郑栋的陪伴则显得不那么孤独，甚至多了几分快乐。

复试的那几天阿星住在学校附近准备着复试，而郑栋在市区的青旅住着，偶尔会来找阿星一起吃晚饭。

复试进行得很顺利，结束的那个下午，阿星发微信给郑栋，在哪里，我去找你啊。

郑栋回着好啊，于是他们约定在观音桥见面，一起看看夜重庆。

他们在2号线上俯瞰整个城市，看轻轨在楼宇间穿梭，感受着一边是江水一边是山地的奇景，穿过闪着霓虹灯的跨江大桥。阿星对郑栋说，你看，在车头可以看到司机唉。

郑栋说对啊，你知不知道停靠在8楼的2路汽车，说的就是这里。

他们兴奋地看着这新奇的一切。

那一晚，他们如同情侣似的，吃着观音桥的火锅，穿梭在千与千寻的洪崖洞，看着立体的重庆，在千泗门大桥看着江水和街道。阿星在桥上看着郑栋的侧面，就那么静静地看着。

别说，这个男生，还挺好看的。阿星想。

郑栋转过头来看着阿星。

阿星没有躲避目光，然后主动亲了上去。反正马上要毕业了，也不怕尴不尴尬了，阿星豁出去了。

郑栋僵住了几秒，然后回吻了过去。

6号线在他们脚下开过，洪崖洞里的酒吧唱着民谣说着情话，他们在那一刻享受着青春，或者说爱情。

阿星是喜欢郑栋的。

郑栋后来喜欢上了阿星。

回到学校后，他们依旧会在校园里逛着，郑栋开始频繁地找阿星吃饭，和她说着生活里的大小事，这一次，没有了欣梓。

阿星知道郑栋喜欢上了自己。

考研结果在重庆的时候就出来了，阿星要去重庆，而郑栋，很早就说了他的志向是台湾地区。

所以阿星知道，他们不会有结果。

她没有勇气去面对异地，还不如趁早放弃。

而郑栋却越陷越深，他笃定地说着一切的誓言，年轻的时候总认为态度坚决就可以排除万难。

可是即将毕业的阿星知道，他这不过是一时激情，她没有信心去相信一段异地恋，哪怕郑栋在寝室楼下拦住阿星，卑微地说，哪怕就最后的几个月，和他在一起这毕业前的几个月，也好。

阿星依然残忍地拒绝。

郑栋抱住了阿星，身上好闻的香味，和那天在重庆闻到的一模一样。阿星能感受到郑栋厚实的肌肉给自己带来的安全感，阿星没有拒绝拥抱，她贪婪地享受着，或许是最后一次的温度。

郑栋依旧每天约阿星吃饭，可是阿星却总有借口推托。就这样，阿星毕业了，离校的那天，阿星没有和郑栋说，她回头看着这所学校，然后离开。

郑栋在微信里怪阿星怎么走也不和他说一句。阿星愣愣地看着微信，打了很长一段字，又删掉，最后只剩下，谢谢你。

读研的日子里，阿星在重庆，总是会想起郑栋。

每次看到洪崖洞，会想起在千泗门大桥上的拥吻，
走到观音桥，会想起他们一起吃的火锅，
连坐2号线，都能想起郑栋看到司机时的惊讶表情。

好像哪里都有郑栋的影子，可是，一切都过去了。
很想回去抱一抱他，再闻一下他身上的味道。
可是，一切都过去了。

故事到最后，阿星是还挂念着郑栋的，也听本科的同学偶尔提起郑栋的情况。

听说后来他谈了一个对象，还给她买手机买衣服买香水，好得不得了，微博朋友圈都是狗粮。

阿星和我说，那好像是我生平距离富二代最近的一次唉，就这么错过了。

我问她，可惜吗？

她说，可惜有什么用，错的时间遇到对的人，也就只能错过了。

我们在这一生中，总是在遇见与错过中交织着回忆，错过想要抱紧的，遇见让人后悔的，但不去错过，不去遇见，怎么知道谁是那个会铭记一辈子的呢？

后来我们才知道，原来不打扰，是彼此最好的温柔。不是所有的我想你，都要让你知道，也不是所有的我爱你，都能换来在一起。

我们会遇到许多好的人，也会怪自己没有珍惜，会感到难过，也会觉得辛酸，可是你知道，一切都过去了，错过的人生，或许才更让人意犹未尽。

在没有放下你以前，我会偶尔翻看你的微博，希望你过得好，却又不想你过得比我好。

可后来啊，哪怕在没有你的城市里独自行走，哪怕我会突然想起你，也只是停下来，想你2秒钟，然后继续向前走。

致我深爱着的那个男人

在我的生命里有且仅有一个男人，能让我如此深爱且崇拜。

那就是我爸。

说来也奇怪，即便我内心如此崇拜父亲，可我很少会当面提及，甚至还经常反驳我爸的意见，经常叛逆。

现在看来，那时候的叛逆其实源自内心的脆弱吧，因为有个如此强大且暂时还未能超越的父亲，就只剩下嘴上的逞强和倔强了。

虽然嘴上不承认，但自己知道，迄今为止我的性格行为甚至是三观都受到了父亲很大的影响，而且庆幸的是，这些习惯对我的影响深远且益处颇多。

小到练字看书，大到待人处世，父亲在家里说话不多，可却用自己的实际行动告诉我该如何为人。

早恋最美好的样子，或许就是父母的爱情。

爸妈至今还在一起，虽然他们在我初中的时候也曾大吵大闹到我差点以为我要成为单亲家庭的孩子，但现在他们仍相爱相亲，所以我仍相信爱情。

小时候我家里有一把木吉他，什么都不懂的我只觉得弹拨的声音很好听，我问我妈，家里怎么会有吉他，我妈说，你爸年轻的时候弹吉他可厉害了，还有很多徒弟呢。于是，我得知了他们念书时的故事。

我爸年轻的时候算是校园的风云人物，弹得一手好吉他，写得一手好字。像所有青春小说里写的那样，我爸妈在校园里相遇，然后我爸便弹着吉他，唱着情歌，追起了我妈。

我爸在我妈寝室的楼下，弹着吉他，唱着《小薇》和《同桌的你》，在那样的青葱岁月，爸妈自然而然地走到了一起。

和那些毕业就分手的情侣不同，爸妈各自离开老家，选择留在南昌打拼，离开他们父母的庇佑和兄弟姐妹的陪伴，在新的城市从头开始。

哪怕背后没有了依靠，他们依然选择携手奋斗，在一个新的城市为了这个家而共同奋斗。执子之手，与子偕老，从无到有，所有的一切，因为他们的坚持和努力而一点点变好。

从18岁，走过20岁，30岁，40岁，以及漫长的以后。

从青涩的校园，一路走到了现在。真好。

虽然我爸从来也不教我弹吉他，但这也不妨碍我早恋，即使那次失恋在家难过的时候被爸妈嘲笑了，我妈还打趣地问我那个人是谁，想看看照片来看看我的眼光怎么样。

然后，我想和你们说说我小时候的故事。

小时候家里很穷，身边没有老人帮忙，妈妈只有辞职带我，而我爸，那时候不过是某个国企的分公司下的一个保安，每天深夜，都要打着手电筒去大院里巡逻。

我们住在一个每到春天必然会潮湿的位于一楼的公司分配的小平房里，家里常年散发着一股霉味，所有的老照片都已经被湿气模糊了影像，每到雨季或者回潮天，家里的橱柜表面都是水雾。

在我读小学以前，妈妈便在家教我背唐诗，念绕口令，学习写字，那时候很少看到父亲的身影，后来才知道，在我妈生完我不久，父亲就去读夜校了，为了拿到一个本科文凭，即使半夜要去巡逻，仍不忘把功课做好。我想他为的，大概就是能让我们一家三口，不再住在这样的小平房里。

我印象最深的是，小时候家里有个八键的电子玩具琴，被我玩坏了以后，我缠着爸妈给我买一个钢琴，可总是被搪塞过去。

后来我妈和我说，那时候家里哪里有钱买钢琴，最穷的时候家里一个礼拜只有10块钱，能不饿着就已经不错了。

小平房的位置很偏，几乎到了乡下，所以我从一年级到三年级，每天早上5点起床，赶6点的班车，才能勉强在8点前赶到市区的教室上课。小学下课早，便在教室或者附近的书店里等着父亲下班接我，一等或许就是三四个小时。

也因此，后来的我学会了在公交车上写字不抖的功夫，往往到家的时候，当天的作业都写完了，当然，也学会了如何与寂寞相处。

可我有多懂事，我父母就有多辛苦，为了赚钱养家供我读书，白天上班的同时早晚还要照顾我、接我送我。我原以为这不是件多难的事，可等我后来自己养了条狗，每天早上要固定遛狗的时候，才突然回过味来。

每天早起遛狗已经让我觉得麻烦了，更何况他们当时还要绕一大圈的路来送我上学，还要起得更早为我准备早饭，再把我从被窝里拉起来。

那时候的我们都显得那样匆忙，每天都在赶车，每天都为着生计奔波。这样的状况一直持续到三年级，我爸在城里买了第一套房。我还记得我爸第一次带我去看房的时候，我爸牵着我的手，我爸激动，我也激动。我一直用手指着路边的建筑不停地问我爸，那个是我们家吗？那么那个是吗？

从那以后，生活松了一口气，不再只有10块钱过一礼拜，我知道，这背后都是父母夜以继日的付出。

我松了口气，可我的父亲并没有。

我喜欢在夜晚写字，大概也是受了父亲的影响。

初中时父亲已经从一个保安做到了中层。为了更好的前途，我报了一个资格证考试。于是，那整整半年的时间，每晚我做完作业，都能看到父亲坐在餐桌前，一杯茶，一本书，一整晚。我入睡时大概11点，父亲仍在奋战。

后来父亲喊我去检验成果，一本牛津字典那么厚的书，密密麻麻写满了各种题目，随便从中挑出一道，父亲都能迅速说出答案。

再后来，父亲去上海考试，一切都很顺利。

后来听奶奶说，父亲还在读书的时候就是这样刻苦。

学生时期的父亲，为了学毛笔字，买了字帖回来临摹，大夏天的没有电扇，就那么在房间里闷头写着字，汗水湿透了衣衫，也坐得挺直，一撇一捺都不敢懈怠。

写好以后厚着脸皮寄给当地有点名气的书法家，让他们给点评一二。

我见过父亲练毛笔字以前的字迹，就像狗刨的一样。所以我更惊讶于他现在随手可以写出一副春联的功力。

天道酬勤，大抵如此。

所以，很多时候会觉得自己现在吃的这点苦，和父亲当初经受的相比，简直算不上什么。父亲利用每天的工作以外的时间，读了夜校，拿了本科文凭，考了高级资格证，甚至前段时间还拿到了研究生的毕业证书。

让我们从一楼的阴暗小平房搬到了三室两厅的大居室。日子虽谈不上富裕，但至少也是吃穿不愁，家里再也不用过那数着钱买米的日子了。

即便是如今，父亲也从未停止奋斗，最近下乡扶贫，切身实地地深入贫困一线，在大山里和贫困户一起种地修路、拉小斗车、骑摩托车、驾三轮车、开皮卡奔波在乡间小路上。

我是后来听爸爸的同事说起才知道，我爸曾面对过徒手拆土坯房墙壁倒塌、经历过骑三轮车翻车的瞬间，还有次为了考察养羊项目他甚至冒着倾盆大雨驾车冲过早已被漫灌的公路，为了工作，他根本来不及考虑个人的舒适、安危。

也不知是水土不服，还是工作压力大，才一年多时间，今年回家的时候发现爸爸的头发几乎全白了，我问他怎么不染下发，这样显得年轻点，他摆摆手，幽默地答道："白发苍苍辨识度高，村里的群众有事容易找到我。"看似风趣，实则全心全意为群众考虑的工作作风，让我这才领悟父亲对待工作的责任心。

按照中央文件精神，扶贫两年期满可以返回原工作单位，但是我爸却毅然决定坚持到村里全面脱贫。用他自己的话说是在这里扶贫上瘾了，回去反而会水土不服。

他曾三下赣县区询问贫困户异地拆迁款事宜，也曾开三轮车送半瘫老人回家。在他的带领下，村里成立了莲子产业扶贫基地，兴建了蔬菜大棚产业扶贫基地，筹备了湖羊产业养殖项目，盘活了土地资源，带动了土地流转，村民收入大幅提升。

穷则独善其身，达则兼济天下。如果还做不到兼济天下，那么，能帮助多少人，便帮多少人，这也是一种大善。

父亲很少和我说他在村里的故事，可我却从他的同事那里看到了不一样的父亲。在别人的眼里，他风趣幽默，有责任心又富有人情味，把所有人都聚在了一起，无论日子有多艰苦。

就像我小时候那样，日子总会一天天变好的，只要不放弃对生活的希望。

父亲和我的交流没有母亲那样频繁，可对我的影响却是那样深刻。

父爱如山，父亲用他自己的实际行动，告诉我，什么是责任，什么是担当。

　　每次想放弃的时候，脑海里都会浮现父亲夏日里衣服被汗水打湿却仍在写毛笔字的景象，深夜在餐桌前喝茶背书的情景，甚至是当初他们决定毕业后结婚，留在南昌奋斗时的决心和勇气。

　　我这不服输的劲，大概也是父亲用行动教会我的。

　　感谢父亲，给了我们一个幸福的家。

　　谢谢你，教会了我如何去爱人；谢谢你，教会了我如何去奋斗；更谢谢你，给了我一个幸福的家。

第四章

你有无勇气打扰这个宇宙

当没有了外部对你的定义和理解，你认识自己吗？你有没有忠于自己的内心，去做自己喜欢的事情，你有无勇气，去打扰这个宇宙？你有无勇气，去坚持做自己？在过我们自己的人生时，你可以爱自己吗？你可以和自己相处吗？你可以接受自己，不管优点或缺点吗？当我们经常问自己这些问题的时候，好像也就越来越靠近自己，认识自己。

你有无勇气打扰这个宇宙

最先喜欢张国荣，是从喜欢他的歌开始的。

高三那年，难得休息的时候，会和同桌在KTV泡一下午，开一个迷你小包，然后在里面唱一下午，我会用《死了都要爱》来发泄自己的情绪，而他则是默默地唱着张国荣的歌。

大多数是粤语歌，那时候粤语歌在内地并不流行，所以当时只觉得粤语歌很有味道，虽然听不大懂。当时只知道张国荣是一个很厉害的人，并不知道到底为何而厉害。

MV里大多数是他在演唱会上的画面，只觉得，好俊俏，好酷。

然后我听到了那首《我》，哥哥在一束聚光灯中出现，穿着睡袍，披着头发，唱起这首歌：

I am what I am

我永远都爱这样的我

快乐是快乐的方式不只一种

最荣幸是谁都是造物者的光荣

不用闪躲为我喜欢的生活而活

不用粉墨就站在光明的角落

我就是我是颜色不一样的烟火

天空海阔要做最坚强的泡沫

……

每一句歌词我都喜欢到了骨子里，就像每一句都押着的韵，压在了我的心尖上。后来每一次去KTV，都会点这首歌，只因喜欢这歌，喜欢把眼睛闭上的时候，脑海里浮现的那个自由自在的我自己。

每唱一遍，就更了解他一点。后来我才知道，再后来，我才知道这是他和唐先生宣布在一起之后的第一首歌。

在当时的社会环境下，这样的一份勇敢和态度，就算放到今日，也实属难得。好有魄力。

后来的每年4月1日，我看到越来越多的人会在朋友圈发张国荣的照片，配上自己喜欢的一句话。

我觉得，挺酷的。因为这样的纪念会让张国荣成为一个文化符号，一个敢于追求自我的新时代先驱，而不仅仅是一个逝去的明星。

说实话，张国荣正火的时候，对于很多人来说，其实是没有印象的，我们对于他的了解，更多的是在他走之后。他走了之后，人们才一点一点被身边的人带进张国荣的世界。然后一点一点的，让自己也试着能够像张国荣一样，去勇敢做自己。

我在《奇葩说》这个节目上，看到了许多勇敢做自己的人。他们的出现，让人看到了原来能活出自己的人，是这样的潇洒。

在第一眼见到很多奇葩的打扮、听到他们说话的时候，说不上是喜欢他们的。可是只要听过他们一次发言，就会觉得这个人怎么这么有趣，他们的身上似乎有一种魅力，就是那种把自己生活过好了以后的任性随意，活得是那样的自在快乐。

因为不在乎别人的目光，因为敢于承受随之而来的流言蜚语甚至恶意谩骂，可是却因此赢得了真正属于他们的人生，和更多喜欢他们的人。

与其说喜欢他们，不如说是喜欢他们的勇敢、努力和坚强。

《奇葩说》之所以把自己要寻找的选手称为奇葩，也是希望越来越多特别的人站出来表达自我，够特别，人生才更有味。

我还记得很早的时候看过一个四宫格漫画，大概就是进大学和社会之前，每个小人的脑袋都是奇形怪状的，方的、三角的、菱形的……可是进过"大学和社会"的熔炉之后，所有人的脑袋都变成了统一的圆形。

当时看完以为是写实漫画，因为所有的大人好像都差不多，为人处世有着高明的原则。

可现在再回过头去看这幅漫画，才发现原来是这样的讽刺，如果社会上都是一样的脑袋，一个思路，一个处事原则，那么何来的创新和发展。的确，循规蹈矩的人生似乎是要轻松一些，不需要迎着压力和舆论，可往往是那些跳脱的人，才能体会到最真实畅快的人生。

再说回自己，还记得在用QQ的年代，每个人都有好多个QQ号，还会互相比较谁的QQ号比较尊贵，如果谁的QQ是1开头还是5位数的，就总能引来一阵惊呼。

我花20块钱买了一个QQ号，是110开头的，20块钱在当时可是能买很多东西的。

于是，接下来，无论是网游问道里的小情人，还是泡泡堂的新朋友，或是卡卡跑丁车的队友，都加在了这个QQ号里。

这个QQ里的我，不再是年级前10，也不是不会早恋的乖小孩，我会炫耀我的新皮肤，自豪我的新成就，为一些鸡毛蒜皮的小事难过，甚至有许多深夜里的矫情文字，和当时时髦的火星文。

那时候的叛逆，都在这样一个QQ小号里得到满足，表面上我依旧是那个好好学习的乖孩子，可有时候，我也会喜欢那个偷偷溜去网吧登小号嬉笑怒骂的自己。

后来大家转战微博，一开始，所有的朋友熟人都会问你有没有微博，然后互相关注。

甚至经常会跑到自己心仪的人的微博下面，发个私信求关注。

开始不再发QQ心情，而是越来越多地在微博抒发自己的豪情壮志。

虽然也曾因为加了黄V而自豪不已，可是你会发现这个平台变得越来越没有隐私。你点赞了谁，你评论了谁，你关注了谁，在微博上下载了什么软件，别人都一清二楚。

最让人尴尬的一次是，曾经有个朋友在微博的软件推荐里下载了一个同志交友软件，结果他的所有微博好友都看到了这么一条消息：你的好友×××等人已经下载这款软件。

被微博喜出柜，朋友一怒之下卸载了微博。

而至于我，新认识的人一旦关注了我的微博，看看我关注了谁，评论了什么，就知道我的交际圈是什么，在哪里读过书，兴趣爱好是什么，有点可怕。

于是开始不敢随意点赞、评论、关注，不敢随意点开微博的链接。

所以又偷偷地注册了一个小号，连大号都没有关注，在这里，我想关注谁就关注谁，想说什么就说什么，当然，不是一个喷子，只是在这里，再也不会怕自己说的话得罪了谁，或者又泄露了自己什么秘密。

再后来，主要的社交圈都转到了微信里，因为方便新鲜，所以朋友圈里发的内容越来越多：

一开始想发什么就发什么，吃过的午饭、去过的地方、好玩的笑话和吐槽的文字。

结果用微信的人越来越多、加的好友也越来越复杂，于是每一次发照片都会加个滤镜，修个角度，想着配什么文字，显得精致又不刻意、酷炫又不做作；每一次想发一些吐槽或是感悟，会思考很久会不会得罪人，会不会让人觉得自己矫情。

于是到后来，有些心情，自己忍一忍之后也没什么想要倾诉的；有些照片，不愿意修不愿意想文字也就过了想发的时候；更多时候，只是随手转一些文章或者歌曲，什么也不说。

朋友圈里的生活，慢慢变成了不是我的生活，而只是我想要你们看到的生活。

看到一句话——"成长，就是将哭泣调成静音"，长大之后，发现吐槽抱怨哭泣解决不了任何问题，只会让人觉得幼稚和可笑，所以，开始学会忍耐，为人宽厚，待人温柔，不哭不闹。可是，这样还挺累的。所以我看到很多的朋友把自己的朋友圈设置成了半年可见、三天可见，甚至关掉了朋友圈。

本来只是为了记录生活的地方，却被迫变成了展示个人生活的社交名片。

尽管越来越多的人学会了伪装，可同时，又有越来越多的人开始撕下伪装的面具，勇敢做最真实的自己，朋友圈就只发自己想发的东西，不喜欢的评论就删除，不喜欢的人就拉黑，自己开心就很好，为什么要因为别人的看法而改变自己的意愿。

在电视剧《你好，旧时光》里有一句话我很喜欢，是这样说的：

真正悲哀的不是你想成为谁而成为不了，而是发现你想做回自己的时候，不知道自己是谁。

华裔作家伍绮诗先后写了两本小说：《无声告白》和《小小

小小的火》，我都很喜欢。我喜欢里面那种对于人生选择和态度的表达。

在《无声告别》里，莉迪亚告诉妹妹："要记住，如果你不愿意笑，就别笑。"

而在《小小小小的火》中出现的艾略特的诗："我曾用咖啡勺衡量过我的生活""我有没有勇气吃一个桃子"以及"我有无勇气打扰这个宇宙？"让书中的伊奇想到了自己的母亲：她喜欢用标准容量的茶匙、看到没洗过的苹果会担心农药中毒，她给每一件事都定了规矩。

其实，这世上大部分的人都和伊奇的母亲相似，循规蹈矩地生活，非常重视穿正确的衣服、说正确的话、与正确的人交朋友。他们也把每日的行程规定好，总是依照别人期望的样子而生活。

久而久之，觉得那就是自己正确的生活方式。并且随着时间的推移，越来越依赖自己的生活方式，不敢跳脱自己的舒适区，哪怕你觉得无趣，也懒得麻烦了。

人生毕竟只有一次，如果只是一个套路的一天又一天地过，那该丧失多少人生的乐趣啊。

如果这一生，连自己都找不到，连自己想要的生活都不敢去尝试，连自己想要成为的人都不敢去做，那也太逊了点。

希望终究有一天，我们都能够为喜欢的生活而活，不用粉墨，就站在光明的角落，做颜色不一样的烟火。

我就是我。

这是你的人生，别将就

自从毕业以后，每次和长辈们谈论，话题瞬间就能从学业工作转到所谓的婚姻大事。

好像刚刚才和你说不要早恋，下一秒就催促着你快快找个男女朋友，仿佛再找不到对象就注定孤独终身一般。

也难怪网络上说90后都已经开始中年危机了。曾看过一则关于初老症的帖子，里面写了初老症的很多症状，比如：

喜欢出门散步晒太阳；

喜欢去有回忆的地方；

买东西开始讲究性价比和舒适度；

不在人多的地方凑热闹；

更喜欢一个人清净……

很多人对号入座，感觉说中了自己，经常把"自己老了，折腾不动了"挂在嘴边。

最让我觉得无奈的是，无数的人开始妥协，觉得自己仿佛确实到年纪了：到了成家的年纪，到了稳定的年纪，到了不敢折腾的年纪。

难怪有句话说："看到你们身边的男女朋友越来越丑，我就知道大家开始考虑结婚了。"

仿佛白马王子只是青春的幻想，真爱总是不存在的，哪有什么相爱一生，不过是彼此将就，与其寻寻觅觅找寻真爱，不如找个稳定的人踏实过日子。

在电影《胜者为王》里面，母亲一直在催女儿结婚说："人是会老的，老了是需要人来照顾的。"

而舒淇饰演的女儿，也特别生气地回击道，"单身会死啊，不结婚会被判刑啊。这个社会对我的歧视已经够深了，你不去质问这个世界，还跟他们一起来歧视我啊？"

是啊，单身本身就是一件很自我的事情，选择单身或结婚，不过是漫长人生中的又一个选择而已，可却独独这个选择要被人左右。

不结婚，就总是被视为不正常、不健康的标志之一，哪怕离婚后单身，也好过一直单身。

你发现了没，那些离婚后单身工作的女性，会被称赞为独立自主果敢的新女性；而一直投身职场没有结婚的却总是被形容成工作狂，哪怕工作上再成功，在他人眼里也是不完整的，甚至是失败的。

可是真的是这样的吗？好像结了婚就满足了大多数人对你的一个期望，而结婚之后，你是否快乐、是否满足、是否幸福都不是很重要。

你结婚、生子，然后抚养孩子长大成人，这一生就是圆满的。

可，这真的是我想要的人生吗？本就须臾的一生的目的，就只是为了再抚养一个人，然后如此往复吗？

在大多数人眼里，结婚意味着稳定的生活、按部就班地过日子、正常的生理状态以及符合预期的成长及衰老模式。

而一旦跳脱这个模式，不管因何目的，便成了离经叛道、大逆不孝。

我理解所有父母亲人的期望，他们只是希望自己的孩子能够有一个人心疼他，希望他们的孩子，在以后自己不在世上的时候，也可以过得很好。

可成全孝道、避免孤独、满足期望这些事儿，就只能靠结婚生子吗？而父母的期望，到底又是什么？单身的那些人，到底又在想什么？

为了找寻这个答案，我花了一整天的时间，到上海著名的相亲角即人民公园和南京东路步行街，做了街头采访。我想，我是找到答案了。

那天下着雨，本以为不会有什么人，可我到人民公园的时候，相亲角已经不剩什么空位了，小道两旁一把伞挨着一把伞地放着，伞上夹着相亲信息，伞后是家长们或中介们。

那是我第一次到相亲角，我一把伞一把伞地游览过去，看着那些相亲信息，内容模板大致相同：相亲者以及意向寻找的人的年龄、身高、工作单位、存款、户口、车房信息，等等。就像是填写一张都是填空题的试卷，把空填满了，所有的人被数字量化，要求符合了，就可以接着往下走了。

在这里，相亲是一件无关乎爱情的事情，不过也是，结婚这事，大多数也不关乎爱情。

伞后面如果是家长，双方家长要是都觉得符合条件，然后就交换号码，商量着什么时候让孩子们见一面。

而大多数的孩子，其实并不知道他们的父母在相亲角忙活着。

印象最深的，是看到一张相亲信息上面赫然写着：1995年，女。原来1995年，真的已经到了相亲的年纪。

相亲角的父母们是着急的，这从我很多次驻足伞前看信息的时候就可以看出来。他们会很热情地问我，是你自己来相亲吗？有一种要被吃掉的感觉。

所以逛了一圈后，我就遛到了南京东路步行街。让我没想到的是，不过才隔着一条马路，就像是隔着两个截然不同的世界。

当我采访到一对上海老夫妻，关于他们子女的婚姻问题的时候，他们给我的回答是：我们上海人很开放的，事业最重要，孩子开心就好，都随他们去，反正我们自己养养老就好了。

这样类似的回答听到了很多，孩子是否结婚，结婚了是否要小孩，有小孩的是否要二胎，去哪个城市定居，这些都随孩子的心意。我们过好自己的生活就好。

人活一世，开心最重要，不是吗？

当然，也有着急的，可他们也说了，着急有什么用，孩子又不着急。索性就放平心态，过好自己的生活就好。

所以，我才遇到那么多来上海旅行的老两口，过着自己潇洒的小日子。

印象最深的还有一个女子，一开始我上前，说小姐姐可以问你几个问题吗？她先反问我一句，你猜猜我今年多大。

我说二三十岁？她说我的年纪都可以当你母亲啦，我今年都50多岁啦。

那一刻我是震惊的，无论是外表还是气质，都一点看不出50岁的影子，而更重要的是，她依旧单身。

当我问及她会不会着急，会不会在意别人的看法的时候，她给我的回答是这样的：

一开始我也着急，尤其是快30那会儿，可总觉得婚姻不是将就来的，后面反而习惯了一个人的生活，觉得一个人的生活也挺自在的，不是学会了享受孤独，而是压根不觉得这是一种孤独。当然，我依然没有放弃寻找爱情，还是相信真爱总会来临，只是在来临之前，过好自己的日子最重要。

那一刻，我是钦佩的。话谁都会说，可真正做到这些的，这个南京东路上的漂亮"小姐姐"是一个，我的邻居和堂哥也是。

在朋友圈都是晒结婚证的时候，唯独他晒了一张离婚证，配字是："终于解脱了。"

邻居1993年出生，和我一样大，被迫相亲，回老家结婚、工作，晒过结婚照可脸上并没有幸福的样子。我问他，怎么就离了。

"我才不过25岁，就要放弃我的梦想和事业，一辈子这么短，我宁愿最后是死在自己的追梦路上，也不愿死在25岁。他们说无依无靠很可怕，可我说，每天朝夕相处的人和你只有沉默与无视，这才更可怕。"

他现在重新回到上海，一个人，经历了稳定后，逃离出来，去寻求一种不稳定和真正的爱情。

真爱可能真的会遇不到，事业也可能真的不成功，但这些都没关系，寻找真爱和事业的过程，本身就已经很幸福了。

堂哥1987年出生，比我大6岁。

从22岁他大学毕业开始，我们过年聚在一起吃团圆饭的时候，都会有大伯姑姑们每年不变的催婚台词衬托，他也只是笑笑不回应，只是过年待在一起的时间越来越短。

连我爸都参与到堂哥的催婚大事中，介绍了好几个女孩子，我哥没有一个相中的。

连我都差点以为我哥是不是有什么难言之隐的时候，他带回来一个女孩子，高高瘦瘦，得体大方，然后过年的时候，她见我的第一面就叫我小强大人，还夸我的公众号很不错。

他们在桌上互黑打闹，我哥看着她吃完了一整只鸽子，看她撑得不行也不帮忙还躲在一旁偷笑，有趣极了。

前年5月，他们结婚了。

等待了8年，终于找到了他的幸福和稳定。今年看到他们的小孩都能走路，会飞吻、会点头、会把瓜子抓起来丢在地上的时候，也会隐隐觉得，婚姻真好。

一日三餐和四季，与相爱的人把日子过得平淡又温馨，也确实是一种圆满。但前提是，这是你选择的爱情，而不是将就的婚姻。

将就的婚姻有多辛苦呢？就像是围城里的人们，外面的人想进去，里面的人想出来。

《山河故人》里，女主嫁给了喜欢的男人，生了大胖小子，可最后父亲老了不在了，孩子大了不记得他了，前夫在美国回不来了。只有她一个人牵着一条狗，过完这一生。

《江湖儿女》里，女主谈过轰轰烈烈的恋爱，最后无疾而终。一个人守着一家麻将馆，过完这一生。

虽然都是电影，但生活同样如此。

就像我的朋友陈子淏说的，结婚生子也罢，长期单身也好，人终究都是孤独地走完这一生，只是最后离开这个世界时，能否体面而已。

所以也就像萧伯纳说的那样，"要结婚的就去结婚吧，要单身的就去单身吧，反正最后你们都会后悔的"。

渡边淳一在《情人》里说道，日本女人只想着结婚图依靠，可生了病也是得住进医院，夫妻两人总有一人先死，最后还是孤零零一个人，与不结婚有什么两样。

有人反驳说，可是不管怎么说，结了婚心理上总会有些安定的感觉。

可一旦结婚，两人便捆在了一起，没有自由，离开也难，问题难道不是更多了吗？我见过太多人因为生活上的琐事打骂成一团，譬如：和你说了多少次袜子不要乱扔怎么还乱扔；叫你倒个垃圾怎么这么困难；上次就叫你报修怎么现在还没联系。

生活、爱情和婚姻，在这样一些琐碎中丧失了本该有的味道，你说，这样的生活，是变得所谓稳定了，还是迫不得已的互相妥协。

《情人》一书中，有一段描绘女主修子的单身状态的，我很喜欢：

一点一点的，就像在舔似的抿着酒，同时欣赏着钢琴曲，修子开始精神恍惚起来。

单身的好处，便在这种时候体现出来了。

不受任何人的干扰，一个人靠在沙发上，让想象的翅膀自由飞翔。这种悠闲，这种洒脱，实在是那些有丈夫、有儿女的家庭主妇所无法体验的。

二十几岁时很怕自己嫁不出去，上了30岁，一种女人的倔强便油然而生，或者说自己独有的生活习惯已经根深蒂固了，再要改变已是非常不易的。

这样的状态，是我们所稀缺的。我们害怕孤独，害怕舆论，所以随便找了个人，以为不孤独了，可之后才发现，这样的不孤独，完全不是自己想要的。

内心充盈富足的人，从来不害怕孤独与舆论。

当然，也会有很多人说养儿防老，老了的话你怎么办？也有人会说，不结婚的话那你父母怎么办，不能享受孙儿承欢膝下的快乐，这是不是一种不孝？

不说远了，就说我们身边，有多少家庭是三代共处一室的生活，又有多少老人独居在家，只有逢年过节才看到的自己的儿女孙辈，比起一年让自己的儿女叫自己的父母一句爷爷奶奶，自己常回家看看父母，岂不是更实在？

比起养儿防老，你去看看医院，有多少老人身边总是儿女在陪伴？不如自己趁着理想还没磨灭的时候，多赚钱多做事业，有着经济的依靠，才能让自己的老年不愁，也能让自己的父母过上更好的生活，这难道不是更好的孝吗？

我们对孝的理解，太过狭隘。生活中有多少人有了自己的小家就忘了自己的父母，常年不回家，还想着剥削父母的养老钱来买婚房买车，仅仅是因为传宗接代就算尽了孝。那这样的孝道，是否值得商榷？

当谈婚论嫁变成了一场权衡利弊的投注，每个人开始恐慌未来，担心动荡，而不是当下的内心向往。

早恋的时候，家长老师统统反对。于是我们幻想着以后挣大钱，带着心爱的人去全世界旅行，在每一个陌生的城市为他/她擦去嘴角的油渍，笑得很甜。

一起打造一个温暖有爱的家，养条狗，再来只猫，看猫狗大战，我们在旁边哈哈大笑。装修是一起商量的，沙发是一起买回来的，就连卧室的床都是你喜欢的榻榻米风格。

这些想想都觉得幸福的事情，是多少人奋斗的动力。

可很多人在拥有了爱的能力和资本时，当他们到了正青春的年纪，当他们可以不用瞒过家长和老师，无所顾忌地寻找爱情的时候，他们却选择了放弃。

要稳妥，要合适，要后半生的稳妥，唯独不再要爱情和理想。这是成长的悲哀，不是你长大后变聪明的表现；这是年纪渐长接受平庸不再敢追寻幸福的认怂，不是你看清现实懂得趋利避害的择优选择。

我们还年轻，还有大把时间可以试错；

我们还青春，还有许多良人等待遇见；

我们还稚嫩，还有万千机遇静候捕捉。

这里说的年轻与青春，从来不是用年龄来衡量的，而是用心去衡量，就像南京东路的那个小姐姐，尽管50多岁，可依然年轻，青春也未曾从她身上溜走。

不要轻易就说自己老了；

不要因为家里的催促就放弃自己；

也不要因为爱情还没降临就降低对爱的标准；

这是属于我们自己的人生，不是别人的。

这是我们最好的年纪：成熟却不老练，大胆而不鲁莽，认真又不慌忙；

谈一场真心诚意的恋爱，为亲爱的人许下一生的承诺；

做一场年轻时该有的梦，让自己的余生不留遗憾；

为了心中的事业也好，为了追求的梦想也好，为了守护的爱情也好，为了自己，更是为了自己的父母，坚持一次，然后再坚持久一点。

我们都不是演员，不必那么累地表演

那天心血来潮，想看看我的微信好友中有多少人把我删除了，结果用软件测试下来，平均每10个人就有1个人把我删除。我隔壁的同事更惨，几乎是5个人里就有一个已经不再是好友。

我看着那些删除我的好友名字，大多没什么印象，或许是因为没聊过几次天也不知道怎么加的好友，还有一些曾经也有过欢快的故事，但也不知道他怎么就删了你。

那一刻还挺感慨的，你会发现不知道什么时候，突然有人和你不再互相关注了，有人把你拉黑，有人把你删除了。

发现的那一瞬间，会突然很情绪失落，也不知道自己是做错了什么，哪里得罪了他们。

可是回过头想，这也是没办法避免的事，只是别人不想和你做朋友了，这和你人有多好或多坏没什么关系，不想就是不想。

到了20多岁，大家都开始不掩饰自己了，变脸很快，喜欢很快，讨厌很快，什么都很快。

所以那些一直陪在身边的人，就真的很难得。

对那些离开你的人，你不要因此抱歉。对离开的人，就看开点，别单方面加关注，别再偷偷看他的微博再对号入座了；更别再等别人删了你以后，再给他发好友申请了。

那天我在吃饭的时候把上面这段话说给了一个作家朋友听，她突然有感而发，和我说了她曾经的一段故事。为了方便叙述，接下来都是以她的视角来讲述，也就是故事主人公是她。

我和他是2016年10月份认识的，他是一个微信大号的编辑，我是一个小读者。

经常给他们留言，守着点等他们的推送。在一次他们的线下活动中，偶然加到了他的微信，虽然是众多扫码人群中的一个，但也是很开心的，感觉自己和大V的距离这么近。

那天他来重庆出差，恰好我也在，他朋友圈发了个解放碑的定位，问附近哪里有好吃的，于是我向他推荐了一堆，他回我：

那不如一起吃个饭啊。

仿佛被宠幸一样，我和他第一次有了近距离接触，一起吃饭喝奶茶，看着他在饭店拿出笔记本编辑推送。

时间快到11点，我送他回宾馆，那天风和日丽，走在路上，温度正好，我们散着步。他和我说，感觉好舒服啊，仿佛在这里生活了很久，而且感觉和我已经是多年的老友了，很久没有这样的感觉了。

大概是因为这句话，让我迅速对他产生了好感。恍然也觉得，是啊，仿佛认识了很久一样，这么投缘。

他回到北京的第二周，我也去了北京，与其说是旅行，不如说只是为了见他，哪怕他每天忙到凌晨，也会每天晚上找我一起吃饭。

那天下午，我和他在北海一边划船，一边唱着《让我们荡起双桨》，然后直到夜晚。

在后海选了个酒吧，在露台上喝着50块钱一瓶的百威，听着现场的民谣，看着楼下拥挤的人潮。

一瓶过后，他和我说，你还挺可爱的。

在酒吧待到很晚，他牵起我的手，穿梭在一个个胡同里，走累了就坐在路边。

在北京的那一个礼拜，是我印象中最幸福的回忆了——和从没想过会有交集的人，有了交集。

后来的后来，我有几年没去北京了，我们在微信里打趣说着之前在北京没来得及做的羞羞的事，我说等他来重庆一次体验个够。

他说好啊好啊。

再后来，我看到他的公众号说他们来重庆做活动，于是我给他发微信，问他有没有来。

结果你也猜到了，是一个红色的感叹号。

不知道自己哪里做错了，或许正像你所说的吧，仅仅只是他不喜欢我了而已，不喜欢就是不喜欢，哪有那么多为什么。

可我还是没办法把他从通讯录里删除，怕我也删了后，就真的做不回朋友了。

没准我哪次喝多了，就再给他发一次好友申请，然后就通过了呢。

故事讲到这里，就该睡觉了。

我和她说了晚安，毕竟早点睡，就不会想这么多了。

类似的故事其实还有很多，有个叫"笑靥如花"的读者曾经和我说过这么一段话：

我们似乎总是在某段时间，因为某一件事或工作跟一个人迅速变得要好，但是当工作结束之后，就像是从没有靠近过一样。

人和人之间，可能真的并没有那么多话可以讲。当习惯交朋友都很急速时，我们迫不及待地将毕生往事全部倾吐而出，大约这段关系也快要结束了。

文章写到这里，我点的外卖也快冷了，本来热乎乎的麻辣烫上浮了一层油，勉强吃了几口后就不愿再吃，打了个结丢进垃圾桶里。

看着垃圾桶里本来很喜欢吃的麻辣烫，有点失落，因为忽然意识到，现在很多感情好像也是这样，像速食的外卖，来得快，冷得快，丢得也快。

饿的时候点一个外卖，不想吃了，就扔掉，反正外卖多的是，谁也不会饿到自己。

于是乎，在这个快餐式的友情爱情时代，那些一直陪在身边的人就显得尤为珍贵。

有个叫橦的读者给我发来这样一段话：

那天地震，我和爸妈开着车在外面没有感觉到。他不在这里，我们也很久没有联系，但是朋友圈还没刷起地震消息的时候，他就很着急地来问我还好吗。

那一刻我知道，谁才是真的把你放在心里。

有时候，我们总想把自己变成人人都喜欢的模样，介意别人对自己的负面评价，害怕别人不爱和我们玩。所以这也是为什么小时候的我们总会哭着和父母抱怨说：那个小朋友不和我玩、他们都不和我玩之类。

小时候，无论在哪个集体，都有一个孩子王，也总会有一个被大家都排挤的对象，或许你说不上来当时为什么大家都不爱和他玩，或许只是因为想要融入更大的集体而做出的非发自内心的举动。而能够融入孩子王所在的集体，就会觉得自己也是受欢迎的一分子。

长大以后，我们带着儿时的偏见融入社会，也想要尽可能多地融入各种圈层，想要扩展自己的人脉，结交更多厉害的人物，可更多时候，那些你炫耀的人脉或许从没把你当回事。

可你越是在意，就越没有了自己（存在感），也就越没人在意你。我们都不是演员，没有那么多观众，也不必那么累地演戏。

所以，有些人走了，不要太在意；因为那些在意你的人，不会离开。纵然很多人曾经那么要好，可最后走散了那便由他去吧。

大家都在彰显自我，给自己打上特别的标签，看不顺眼的人就拉黑，不喜欢的人就删除，他们进行着自己的断舍离，你没办法去问他为什么。

我们能做的，就是看开点而已。

生活还要继续，别为不在乎你的人伤神了，多和那些你觉得珍贵的朋友打个招呼，问问近况，主动一点，然后才有更多故事可以说。

有些人20岁就死了，等到80岁才被埋葬

大朱曾是我高中室友，在英国读研时学的是话剧，经常看他在朋友圈发些自己在学校演出的照片，还挺像那么回事。没想到曾经一起背政、史、地的人，现在都当上演员了。

过年回家和他一起吃饭，他刚毕业，现在在老家的剧场工作。聚餐的时候聊起工作，他突然和我说："真嫉妒那些为理想奋斗的人啊。"

"怎么突然这么说？你现在的工作不是也和你的专业相关吗？"我好奇地问。

"现在在英语教育剧场，说是这么说，其实主要靠忽悠，赚小孩的钱，功利性太强，没什么意思。"

"那你有什么打算呢？"我问。

"想去混剧场，想跟着真正厉害的人学东西。"他接着说，"说真的，我很羡慕你在上海，要是我在上海，一周至少看一次话剧。"

我说："一周一次，多贵啊。"

他说："小剧场，一场也就两三百吧，省着点吃，少玩点，少买衣服，钱就有了。"

要知道，在之前，大朱买AJ的频率大概比买衣服还要勤快。看得出来他是真的热爱这个行业。

"那你就去上海呗。"我随口那么一说。

"在考虑啦，大概年后吧。准备去北京。"他说。

我以为他只是随便说说，没想到的是他真的在年后辞了职，带着仅存的几万块积蓄去了北京，住在三环外的一个小单间，朝北，常年晒不到太阳，房间只能放下一张床、一张桌子和一个柜子，这样一个房间月租3000多。

更让我惊讶的是，他在剧场找的工作，类似实习生，负责打杂端茶倒水，上不了几次场，甚至剧院都没有常规性的演出。更别提收入了，基本算是倒贴钱，能吃上饭就不错了。

但是，他过得很开心。从他给我打的每一行字，发的每一句语音，都隐藏不了他那股重新焕发的生命力。是因为平凡或困苦的日子里，每一天都在为不平凡的梦想而努力向前。

大概是受了大朱的影响，我对于话剧、音乐剧产生了莫名的向往，不希望身在上海却浪费了这么好的地理优势，于是，我去看了人生中的第一场话剧。

话剧还没开始，便在场外等候，这时候发现了一个很有趣的现象：来看话剧的几百号人，我居然在他们的脚上没怎么看到几双奢侈品鞋或是潮鞋，更多的是最普通的运动鞋，大概还没有一张话剧的门票贵。而我在市中心每走几步就能看到动辄上千块的鞋。

我把这个发现分享给同伴，他说他也观察到了这个，好奇怪，大概是来这里的人都把钱花在看剧上了吧。

追求心灵上的满足，而不是一味地追求外在。长达3个小时的话剧，环视全场，没有窃窃私语、没有小孩的哭闹、没有手机的铃声、没有嗑瓜子吃零食的声音，甚至手机都没有人拿出来玩，和看电影完全是两个概念。

一场盛大的、仅此一次且每次都全情投入的表演，像极了我们的人生，没有重来，没有后悔，出了错也要将错就错，想办法努力弥补，当大幕落下，掌声不息，被记住的是演出时的认真。

可是我们很多人，却把人生变成了复读机，A—B之间来回重复，每一天重复着前一天的生活，机械又枯燥。

我想，我大概明白了大朱为什么这样热爱话剧，是因为那仅此一次的艺术，让每一次都不敢懈怠，从而全力以赴。

罗曼·罗兰在《约翰·克里斯朵夫》里的一句话广为流传：有些人20岁就死了，等到80岁才被埋葬。

大概寓意是大半的人在二三十岁就死了，一过这个年龄，他们以后的生命不过是用来模仿以前的自己，重复自己之前的每一天。

你是这样的吗？

什么时候我们开始以稳妥、安定来衡量自己的生活？有车有房有爱人有孩子，就是世俗意义上的成功。

我的朋友大南喜欢旅行，朋友圈是世界各地的照片，他没有积蓄更没有家庭，年轻时别人会说他很酷，可转眼到30岁时，大家只会说他不务正业、不求实际。

无论他在旅行的时候遇见了怎样的故事，经受了怎样的洗礼，这种内在的满足大抵只有他一人懂。他可能在我们看来不成功，可是他快乐，他满足，他是那样热烈地爱着生活和自己。这样不顾他人眼光的他，让我好生羡慕。

我还有一个朋友叫夏天，985院校毕业，资深律师，拿着丰厚的薪水，业余时间写小说，日子好不自在，可他去年春天突然和我说，他申请到去支教的名额，暑假要去西藏了，他说当老师，才是他一直想要去做的事情，那时，他已30岁。

作家毛姆的《月亮与六便士》里，主人公是一个普通的职员，突然在某一天抛下一切，去做了一件看起来极其荒诞的事情——去画画。从前从未接触过画画的他，突然决定去画画，期间，他差点饿死、病死、冻死。

所有的改变，都是花极大的勇气，去跳脱自己的舒适圈，难受也好、一无所有也好，这都是改变的代价。

可这改变会带来不一样的人生。不尝试去改变，压根就不会知道人生会有多精彩。

不是说平凡不好，而是还未去为自己的梦想奋力一搏的平凡不好；不是说努力就一定会成功，但用努力了也不一定成功给自己当不努力的借口的人一定很失败。

唯一不变的就是变化本身。追求稳定没用，日子稳定太久了，稍微一点的困难可能就把你打趴下。

因为时代的进步而把大批的行业和相关从业人员抛下的例子

还少吗？多少人在重复的日子里开始享受安逸，直到工作没了，才发现自己居然什么都不会，多么可悲的一件事。

我很喜欢的一部电影是《实习生》。70岁的Ben曾经事业有成，可退休后的生活让他觉得无聊乏味，于是重新应聘，成为服装公司的一名实习生。更戏剧的是，这家服装公司办公室的前身，正是他曾经工作了40年的印刷车间。但是在这个同样的地方，过去的技术完全用不上，他像所有20多岁的初入职场的年轻人一样，努力学习新知识，甚至展开新恋情，你会发现，70岁开始的人生，和20岁开始的人生没有什么不同。

种一棵树最好的时间是10年前，其次是现在。70岁的Ben愿意从0开始，像初入职场的年轻人一样去学习，这和他年老与否并无关系，他对生活的热忱和好奇，让许多年轻人都羞愧不已。

故事到最后，导演Nancy Meyers借着大龄实习生Ben之口说：

You are never wrong to do the right thing.
做你想做的，就一定不会错。

如果你知道导演本身也是个很拼的女强人，大概就更能理解她想表达的观点：孤独不可怕，没机会做自己才可怕。

你是不是和我一样，生活只差了一套房

那天在人民广场逛街，正好看到一家"答案茶"，就是在纸上写上问题，答案会写在你点的奶茶的奶盖上。

好奇并羞涩地在纸条上写上问题：

我什么时候才能成为真正的作家和大IP？

好奇是想知道我自己都不知道的答案他会怎么给我；羞涩是自己都不好意思将这答案问出口。

大约是因为自知努力不够吧。还未拼尽全力，又谈何无能为力呢。

奶茶很快就做好了，小心翼翼地掀开奶盖上的标签，发现奶盖上写着："努力创造奇迹，想象的就会出现在你面前。"

虽然是放之四海而皆准的答案，却也在此时此刻被安慰和治愈。是啊，勇敢努力的少年，总会创造出自己想要的生活吧。

问出口的问题写在了纸上，没问出口的问题其实是：

什么时候才能靠自己在上海买房？

什么时候能年薪过百万？

又或者，什么时候能环游世界？

......

好像都遥远得不切实际，也难怪有朋友说我是活在自己想象中的人。总是努力把生活过成自己想象的那般，即使不如意，也会想着办法排解。

就比如现在的工资连月供都还不起更别提买房的，安慰自己房子是租来的，生活是自己的。所以努力把自己的出租屋装扮得温暖而惬意，各种暖色系的灯，贴心的宠物，舒心的香氛。

自打来上海读书后，就有无数人问过我关于上海的房子的问题，我总说要什么房子，有钱了就租好的房子，甚至租别墅，不喜欢了再换多自在。

可是问的人多了，便也隐隐觉得，好像有个属于自己的房子，才叫真正地属于了这里。

其实真正触动到我的，是上礼拜去朋友家。朋友比我大6岁，今年在上海买了房，刚装修好，本来一室一厅的房子，敲了墙重新规划，改造成了两室一厅。

不但自己住得舒坦，还有个客房可以给朋友亲人来上海时落脚。客厅放了个饭桌、坐着会陷进去的大沙发、地毯、投影仪和空气净化器。无论是闲谈吃饭，或是聚会玩游戏都绰绰有余。

浴室不大却有我最爱的浴缸，厨房里刀具厨具一应俱全，双开门的大冰箱，就是理想中生活的模样。

稳定、踏实、惬意、长久。

聊天时自然聊起了买房的经历。他在毕业五六年后存下百万余，首付自己一个人承担，月供每月一万多。压力大是大了点，但好在自此也算稳住了脚跟。

朋友在保险行业，从大学时就在这一行实习，毕业后职场三级跳，成功进到了这个行业的世界领军企业，前途不可估量，这从每次出差都是五星级酒店的套房就可以看出来。

他也养了条狗，黑色的拉布拉多，乍一看像哮天犬可却像是个十足的暖男，总是安静地趴在你身边。

骑电动车回家的路上，我算着，比我年长6岁的话，也就是说在我30岁左右时，便也可以有足够的存款去付首付了吧。

那么，真的可以吗？

我父母是中专的同班同学，他们毕业后便留在了南昌发展。当时的他们在南昌没有亲人，也算是离乡背井了。

母亲和我说，他们最辛苦的时候，是只剩下10块钱，全家却要过一个礼拜。父亲从公司的夜间巡逻保安做起，全家住在一个单间里，厨房和卫生间都是公用的那种。

小时候的我没有什么玩具，路过玩具摊的时候想买玩具，父母不肯，我就在玩具摊前大哭起来，嘴里喊着：我要，我要嘛。可任我怎么闹也没用，他们依旧会走远，我见哭也没用，只好一边抽泣一边跟在他们后面。

所以小时候的我最期待有亲戚来南昌看我，带我去吃炸鸡，然后问我要不要买什么玩具。

那时候肯德基、麦当劳刚刚引进来，一个汉堡十几块钱，一年到头也吃不到几次，是只有期末考试考到了全班前几名才有的嘉奖。

所以现在我依旧会认为肯德基已经算是不得了的大餐奢侈品了。

后来呢，小学三年级时我们家买了第一套房，70平的两室一厅，我记得爸爸第一次带我去看房子的时候，眉飞色舞手舞足蹈的。

而这之前的3年每天早上6点多就要起床赶班车，不然错过了就要等半小时。

再后来高中时家里换了一套三室两厅的房子，然后还在老家买了一套房给奶奶养老。虽然算不上大富大贵，可他们却凭借自己的力量在一座城市站稳了脚跟。

在我还不会说话的时候，父亲便开始上夜校，抽空就读书考试，从中专学历考到了大学。

记忆里的父母，印象最深的便是我做完作业后，厨房里依旧亮着的灯，餐桌上父亲的一本书、一杯茶，母亲的一个账本。

父母都努力做到了的事情，我，可以吗？

现在的老板在上海有三套房，一套租给公司的男生，一套租给女生，还有一套自己住着。这两年陆续还买了两间办公室，供给不断壮大的公司。

从哈工大的软件专业毕业后在国企做了5年，随后跟着互联网的第一波势头去了财经类网站，再到后来的大学老师，以及最近几年的新媒体。

从国企员工到创业团队主管再到创业老板，现在的这家公司从当初的一个人，到3个人，再到如今的30人，不过是两年左右的时间。

老板最喜欢稻盛和夫的经营学。尤其是他的《六项精进》，即：

一、付出不亚于任何人的努力。

二、要谦虚，不要骄傲。

三、要每天反省。

四、活着，就要感谢。

五、积善行，思利他。

六、不要有感性的烦恼。

他总说，只要这六项，哪怕有一项真正做到了，都是了不起的事情。

他切身实际地在朝这个方向不断努力，他总是第一个到公司，也往往是最后一个离开，有时候周末去公司，都能看到老板在电脑前工作着。

关于买房，他也和我们说，只要朝着一个方向不断努力，不计较眼前的得失，眼界开阔，不费力地买房那便是最低要求了。

什么叫不费力地买房，便是不做房奴也能买得起房。他是这么做的，也这么成功了，更希望我们都能这样做到。

朋友、父母、老板。

好像身边的人们都凭借自己的努力达成了目标，之前我问我自己，是否可以？答案也是可以的。

因为等你看到这番话的时候，文章开头在"答案茶"提的问题就已经有了答案，写了3年公众号之后，终于有了自己的第一本书，那就可以算得上是一个作家了。至于会不会成为一个大IP，我不知道。

但我自己也总有一个理论，既然别人能做到的，为什么自己不行。

就好像当初考研时我总是对自己这样说，如今，我依然会对自己这么说。

别人能靠自己的努力买房买车，那么，你又为什么不可以呢？

正如稻盛和夫六项精进里所说的第一项，付出不亚于任何人的努力，再给自己一点时间，一个期限，走着瞧就好。

不要着急，前路漫漫，别说无能为力，除非自己已经拼尽全力。

假如我年少有为不自卑

这篇文章，我想和你说说自卑这件事情。你自卑过吗？你因为什么而感到自卑？自卑对你的生活造成了怎样的困扰？你现在依旧害怕说出让你自卑的东西吗？你和自卑这个情绪，相处得还好吗？

自卑它像一个手上的倒刺，不碰的时候一点事没有，可只要轻轻碰到，就嘶地一下，很痛。放在那里不管，便不知道什么时候会再痛一次，可是要真去彻底拔了，光是想到那个痛便会让人退却。

你有几根倒刺，便有几处软肋，成为你总是担心却又小心翼翼守护的地雷，很怕别人发现它，更怕别人踩中它，因为可能会炸伤到自己。

我花了很久的时间，才能真正接受自己的不足，让自己在自卑面前不再那么卑微。如果你现在问我，你会害怕别人说你什么缺点？

不是长得不够帅，不是体育细胞差，也不是娃娃脸，尽管这些也曾困扰我了一段时间，但终究不会因为你说我长得不够帅而内心单方面决定不再和你玩了。

那是什么呢？先和你讲个故事吧。

我念初中的时候手机还不是很普及，因此找爸妈的电话往往会打到家里的座机上。

一次电话响了，是父亲的朋友打来的，我刚刚喂了一声，他就说，唉，你丈夫什么时候回来，原来他把我当成了我母亲。然后我尴尬地说，我爸妈不在家，对方也很尴尬地打着圆场。

那个尴尬的画面至今还在我的脑海里挥之不去。虽然那时候因为还没有到变声期所以声音依旧像小孩一样细尖，可让我不能释怀的是，很多同龄人都已经发育变声，唯独我还像个小孩子一样，加上体育成绩不好，跑得慢不会打球，所以总被同学说娘，一点也不像大男子汉。

很长一段时间，我最怕的一个词就是：娘娘腔。如果有同学当面和我说：有没有人和你说过你很娘。那一刻，我内心就已经把那个人拉黑了。

那时候没有直播，更没有发达的社交软件，我认识的人只有身边的伙伴和学校的同学，当找不到同类的时候，我就是那个被欺负的对象。

很多个夜晚，我都会从电台直播去听别人的故事，把耳机插在复读机上，然后从衣服底下穿到袖子口，撑着头假装在思考。

在一个互动环节，主持人问，你们有什么困扰的事情，可以发短信告诉我。那是我第一次给电台发短信。

在短信中我写道，我一直被人叫娘娘腔，很困扰，不敢说话，怎么办？

当主持人提到"接下来，是来自尾号×××的听众短信"，听到我小灵通尾号的时候，我心都揪起来了，居然下意识地环顾了下四周，怕别人发现是我发过去的短信。

主持人念完我的短信，然后说，发短信来我也不知道你声音是怎么样的啊，下次你可以打电话进来让我听听，还有啊，其实说话声音没什么大不了的，每个人都有缺憾，正视它就好了。

我越是逃避它，越是害怕听到这些话，我就越被这些束缚住。道理说起来很简单，可那时候的我，敏感而脆弱。我害怕不合群，我害怕被孤立，我害怕被嘲笑。

所以当听到主持人说，正视它就好了，我突然释怀了。

是啊，不就是声音娘一点，喜欢和女生玩吗？你们想和女生玩还没人愿意和你们玩呢。

于是我决定做出改变。

正好班上要举办主题班会，届时会有校长、其他的老师前来观摩打分，和班主任的业绩考核直接挂钩。这在当时，就是一次需要集合全班力量去做的大事了。

班主任让我们主动报名当主持人，一向对自己声音极度自卑的我，第一次举起了手。随即老师让我们回去准备一段主持词，到时候上台试主持一段。

自从报名以后，感觉心脏就没有跳慢过，每天心都揪着，一方面觉得自己很傻，非要自取其辱，另一方面也没闲着去搜集相关的主持词资料，观察电视上的主持人。那段日子，光是"各位老师、同学们，大家好"这句话就在心里默念过几百次。

试主持上台的第二秒，腿就开始打抖，有好几次都不自觉地想要跪下去。即便这样，我也告诉自己要撑住，这次一定要证明自己。我尽可能学着电视里的主持人的样子，面带微笑，声音洪亮，不结巴，把我心里背过无数次的主持词完整流利大方地说出来。

幸运的是，我真的成了最终的男主持人。

正式开班会的前几天，每天都在心惊胆战中度过，一想到即将要上台主持，心就跳得厉害，整个人都静不下来。

后来，在掌声和叫好声里，把整个班会主持了下来。尤其当听班主任说，有其他老师表扬我，说我大方得体、声音洪亮的时候，自卑的小情绪，就在那一刻烟消云散。

也正是这一次班会，让我在后来的许多需要主持的场合都被各个老师想起，从初中到高中再到大学，开始尝试走向讲台、舞台、竞技场，从一个被说娘娘腔的男生，成为班级活动主持人，再到校级活动主持人，甚至参加过许多演讲、诗朗诵和比赛答辩。

逆袭的故事到这里是不是该结束了？其实还没有。

哪怕在舞台上赢得了尊重和认可，可有些东西是性格和环境影响的。当我发现我变声之后也依旧会听到有人说我娘，一开始我很困惑，觉得声音并不娘啊。后来我才知道，是相处熟识之后，平时生活里的很多语气习惯确实没有硬气。一开始我依旧会生气，可后来也真正放开了。毕竟，还有很多喜欢我的人，更有许多人在我的电台里说我声音温暖、治愈。

前年公司年会，要求每个同事表演节目，我被拉去表演小品，给我的角色是一个唱歌走调的娘娘腔，一开始觉得很排斥，可后来想想，无非是博人一笑，把自己黑到底了，也没人能再黑你什么了。

于是带着大红的围巾，在年会的舞台上，把调跑得更偏了点，把娘娘腔的形象更夸张化了点。在座的人们笑得很开心，后来我看到自己的视频也很开心。

是不是我不在乎了呢？不是的。

我依旧会在意外界的评价，只是不会再因此而自卑了。每个人都有自己适合做的事情，有自己的长处和缺点，我们能做的，就像初中那年电台主持人说的那样，正视它就好了。

今年过年回老家，我把这个故事说给我儿时的玩伴昊子听后，他说他也释怀了。我很纳闷，他释怀了什么。

他问我还记不记得去年过年期间，他就出来和我看了一次电影，连晚饭都没吃就和我说家里有事先走，然后无论我再怎么叫他出来玩，他都拒绝的事情。

我说记得啊，我还挺郁闷的，之前每年都整天从早到晚黏在一起的人，怎么突然对我这么冷淡，感觉我也没做错什么啊。

他说那段时间，因为觉得我在上海混得还不错，朋友圈光鲜亮丽四处玩耍，而自己却陷入工作的迷茫期，几次换工作也依然找不到自己真正喜欢的，感觉自己混得太差不好意思面对我，在我身边待着的时候总有种莫名的自卑，所以就索性不见我了。

但今天听你说了你之前的经历，好像也就想开了很多，其实每个人都有感到自卑的时候，你觉得别人看上去光鲜亮丽，其实在不为人知的地方，独自承受着许多你想象不到的压力。

后来我再问昊子的情况，他显然已走出了自己的自卑情绪，不再因为别人的脚步而迷失自己，辞职后在家自学各种技能，再凭借这些技能，找到了自己真正喜欢的工作，虽然现在薪水还不高，但过得很开心。

在电影《你好布拉德》的最后，布拉德的儿子问他爸："你是不是有神经衰弱或什么的？"

布拉德说："没有，只是有些时候，会很困惑。我在意别人对我的评价，觉得我是个失败者。"

他儿子说："今天参观校园的时候，你当众训斥我这事让我很尴尬，如果我以后上了这所学校，这里的所有人都会记得这个让我无法跨过去的坎。但是，他们并不会记得我，因为每个人都只想着自己，其实没人在意他人，真正需要在意的，是那些在意你的人的意见。"

布拉德："是啊，那你的意见是什么呢？"

儿子："我爱你。"

所有的危机、焦虑、自卑、担忧，都在这句"我爱你"中，得到了释然。

其实我们真正需要在意的，是那些爱你的人。

你的父母家人不会嫌弃你的长相、声音、地位、名声，他们只会一如既往地爱你、支持你；真正关心你的朋友不会因为你混得不好就瞧不起你，因为他们不在乎你赚了多少钱，他们在乎你是不是开心；真正爱你的人，只会希望你健康和开心。

所以不必自卑，也不必害怕那些流言蜚语。你没那么多观众，别那么累，活得自在开心一点。因为你发现，大家只会嫉妒那些比自己过得好的人，因为有了嫉妒，才有了闲言碎语。

所以，不用感到自卑。如果有什么你觉得可以改的，那就去努力改变，变成自己喜欢的样子；而如果那本来就是你喜欢的模样，就不用为别人而改变，因为只是坚持做自己这件事，你就已经很厉害了。

有喜欢的人，就去追吧

有读者在微信公众号的后台问我：

最近一直泡图书馆，有一个高高的应该是要考研的男生吧，因为他总是坐那个位置，所以就注意到他了，说不上为什么，就是莫名地被吸引，可我连他姓甚名谁何许人也都不知道，又觉得人家快要考研了现在是最后关头，而且考完也不在本校了吧，各种没可能，可还是放不下他。你说，怎么办好呢？

我回："去加微信啊。"

管你们有什么可能，管他会不会给你微信，管他以后在哪里，在不知道什么时候那个人就不再出现的时刻，不去尝试一下怎么会知道结果？想要发生什么故事的话，就自己努力去创造些故事。

反正本来就是陌生人，结局还能差到哪去？

说完这段话，我忽然就想起了曾经考研的时候发生的趣事。

准备考研从3月开始，12月结束，我在6月的时候发现一个小哥哥，坐在我身后第3排的桌子上，一身肌肉，衣品很好，走路的时候总是抬头挺胸特别有气质，每次去热水房打水都会看到他。

一直想要认识，问问他在哪儿健身，有空可以带我一起吗。结果一直不敢上去问，当时还是学生会主席的我特别在意面子这件事。所以一直压抑着自己的冲动，直到那年的12月。

还有十几天就要考研，想着再不认识就没机会了。虽然我也搞不懂为什么要认识他，可能就是想尝试一下没做过的事吧。

那天照例去打水，回来的路上，正好他那桌的同学都不在，我就提着水瓶坐在了他身边，我看着他，他也好奇地看着我。第一次这么近距离看他，发现，咦，长得不好看啊，突然不想要微信了。怎么办，坐都坐下来了，总不能说坐错了吧。

空气静止了10秒，极度尴尬的10秒。只能怪自己为什么近视还不戴眼镜。

我差一点就想站起来然后说一句不好意思坐错了。结果还是想挑战一下，回过头和他说，我们那边在玩大冒险的游戏，让我来要你的微信号。

超级老套的套路，没想到他哈哈哈地笑起来说他也经常玩，没问题的，于是两个都没带手机的人，用笔写下了微信号。

晚上回寝室加了他的微信，寒暄了几句后，就互道晚安了。

我以为我们不会再有故事，最多以后图书馆相见时点头微笑。

研究生考试前两天，大家开始把一箱一箱的书往寝室搬，热热闹闹的图书馆就此空了下来，我和他也没有正式告别或者彼此祝福，反正，也就只是考研的一个小插曲。尝试成功，对我来说就已经很有趣了。

考完研开始泡健身房，每天晚上都去，快放寒假那天骑完动感单车，看到一个身影在做仰卧起坐，取了眼镜的他和没戴眼镜的我彼此又一次看了10秒，才认出彼此。

然后惊讶地说，原来你也在这里。

那天晚上下起了瓢泼大雨，一时回不去的我们在健身房开始聊天，从考研说到健身，从旅行说到未来，仿佛认识了很久一般。

一起健身的小妹妹问我们是不是认识了很久，他抢着回答说，我们是好朋友。

那天之后，我们再也没见过面，后来才知道他的卡到期了，马上要毕业了就不打算续了。

大学毕业后，他考到了西安，我考到了上海，我们俩的关系也就仅存在于朋友圈点个赞，抑或是突然微信上聊聊天。

偶尔商量着以后去哪里旅行，虽然从未成过行。

研一那年去西北玩，结果回上海没票了，可能会经西安中转，提前和他说了一句，开玩笑说让他来接我，带我玩。

他二话不说，放弃和女朋友同住的窝，为我提前预订了酒店，还为我规划了线路。

当他对我说这些时，让我感到无比惊讶，一共见过没几次的人，却会结下如此深厚的情谊。

尽管我最后因为买到了直达上海的票而仅仅只是路过了西安，但我想，以后有机会，还是会见面的。

同样热衷搭讪的，还有我的朋友菜菜。她在健身房锻炼了一个月的时间，身材没见改变太多，但熟人却多了太多。每次在健身房和她一起健身，就看到各路人来和她打招呼，仿佛她就在健身房工作一样。

她和教练、会员打成一片，她们一起锻炼、吃饭、看电影，甚至周末去逛街，其实还挺羡慕的。她那自来熟的个性让自己处在了一个极度舒适的环境当中，也因此，她在健身房待的时间也越来越多。正当我好奇她是怎么做到的时，那次和她去吃火锅的经历也算是让我大开眼界。

隔壁桌点了我们没点的卤肥肠，我们俩看着那个肥肠，然后商量要不要也点一盘，这时候，隔壁桌的小姐姐非常热情地把肥肠递过来，问我们要不要尝尝，没关系的。

然后我们一边说着谢谢一边害羞地拿起筷子夹到嘴里。要知道，吃隔壁桌陌生人的食物，好像还是人生中第一次。

更神奇的是，吃完肥肠以后，菜菜和我说，想认识那个热情的小姐姐，觉得她人好好哦。

我打趣地说，那你去搭讪呀。站在旁观者的角度，反正只要不是自己去搭讪，就可劲怂恿别人。

我本来以为她只是说说而已，结果她突然就转过头去，和那个热情的小姐姐打招呼：嗨，你好啊，我觉得你人好好，想认识一下你，我叫菜菜……

我在旁边有点看傻了，继第一次吃陌生人的火锅以后，还第一次看到就这么搭讪加微信的。

难怪她在各个环境都混得像在自己家一样，如鱼得水，不得不服。

故事到最后，只是想说，缘分是一个很神奇的东西，尤其是搭讪这件事。你不主动迈出第一步，谁知道有没有故事呢。

因为搭讪，菜菜把身边的人都变成了自己的朋友，每天都活得热气腾腾；

因为搭讪，我和很多人成了无话不说的好朋友，即使不常见面，却是那种可以随时开玩笑、逗乐、打趣甚至一起旅行、健身以及有更多可能性的朋友；

因为搭讪，我认识了想和我一起做视频的学长，一起锻炼的伙伴；

因为搭讪，我认识了自媒体里一票大神，当初不顾一切地主动加好友聊天，才有了后面的故事可以说。

正因为搭讪，我才发现人生可以如此有趣。

虽然会有搭讪失败然后尴尬的时候，但这算是常态，因为不是所有人都会和你有话可说。本来就是陌生人，大不了再回归到陌生人，不亏的事，为什么不去尝试？

想认识的人，就去认识，不然你怎么知道有没有故事；
想表白的人，就去表白，不然你怎么知道不会在一起；
想尝试的事，就去尝试，不然你怎么知道未来会怎样？
不如，尝试每天新认识一个人吧。

微笑着上前，然后说一句，嗨，你好！我叫小强，可以认识你吗？

第五章

愿你眼中有光，活成理想模样

我们听过很多道理，也不知道能不能过好这一生。其实归根结底，是因为迟迟不肯迈出改变的第一步。或许是因为觉得为时已晚，或许是因为害怕改变，但你要知道，种一棵树最好的时间是10年前，其次是现在。只要改变，任何时候都不晚。

　　和我一起做一些改变，把生活过成自己想要的模样吧。

每天运动的人生有多赚

四年前，曾经因为奋战考研而瞬间体重飙涨的我，在夏天连稍微修身一点的衣服都不敢穿，手臂和腹部会把衣服撑得鼓鼓的，平日里倒觉得没什么，无非是不太敢去泳池和海边，也穿不了好看的衣服，不能被夸赞而已。

直到有一天，曾经的室友见了我以后，突然惊讶大叫道，小强，你什么时候胖了这么多，而走在身后的朋友也强烈附和道，真的唉。

就在那一刻，我明白了身材的重要性，明白再这样纵容自己胖下去是不行的，身材是一个人自律性的直观体现，你连自己的体重都控制不了，还怎么控制人生。

生命只有一次，就理应在这仅有一次的生命里，用自己最美好的样子去度过，不是吗？

从那一刻起，下定决心去健身房办卡，开始了我从虚胖到健身教练的征途。

而且，我还因为兼职教练而赚了不少外快，会员口碑也还不错。

从第一次踏入健身房，到现在，已经四年多了，这四年来，我深感运动带给我的不少益处，写下来与你们分享。

1. 让身体成为你的闹钟

规律的生活不会因为运动而一蹴而就，但是运动会让你慢慢有规律起来。能让你在不知道做什么的时候，让自己显得有规律且充实。

因为运动，开始注意饮食和睡眠的重要性。所谓三分练，七分吃。至少，一直不爱吃早餐的我，现在早上会起来吃早餐了。

因为慢慢养成的规律生活，让身体进入到一个良性循坏，该训练的时候，你就想要去活动筋骨；该吃饭的时候，你的肚子会饿；该起床的时候，你会自然而然地清醒；该睡觉的时候，你会觉得疲乏而迅速入眠。

这难道不是很棒的事吗？是你的身体推动着你去执行一个又一个的良性计划，而不是你逼迫着身体去做。不用再刻意去强迫自己，意志力会自然而然地增强。

2. 良好的睡眠质量

不知道有多少人有过或大或小的睡眠问题，辗转反侧而难以入眠是多痛苦的一件事，运动便是你解救睡眠困难的一剂良药。

运动之后大汗淋漓，将一天没用完的劲儿用光，精疲力竭后洗个澡，由内而外的惬意感袭来，那时候我只想躺在床上感悟人生，然后美美地进入梦乡。

而与之对应的，是早上自然而然的清醒。很多人不能早起无非就在于睡得晚。因为睡得好，所以醒来的时候自带清醒光环，可以充满活力地开始新一天。我可想不到比这更美好的一天的开始了。

3. 人体本身，便是大自然最美的礼物

在所有艺术家的眼里，大自然所造化出最美的，无非就是人体。大量的雕塑、绘画都刻画了一具又一具让人垂涎欲滴的肉体。

身上每一块肌肉的形状，是那么的充满魅力，锁骨下饱满的胸肌，不时撩起衣服来展现的人鱼线马甲线，走路时摆动的充满线条感的手臂。

运动之后，我一天比一天感到自信，那是深觉自己是最棒的，由内而外散发出来的自信。具体体现在：

无论什么衣服，都有能驾驭得了的信心；

走在商场，我是移动的衣架；

走在路上，我是街拍的模特；

在人群中，我是浑身散发魅力的人。

能有什么，比看着镜子中的自己，一天比一天身材更好，还要欣慰的事呢？

4. 容貌与气质的改变从运动开始

其实，靠健身逆袭的人不在少数。健身并不能很大程度地改变你的容貌与气质，很多人还是被厚厚的脂肪包裹着。

俗话说，一白遮三丑，一胖毁所有。但凡是胖子，瘦下来都比原来好看。

眼睛会变得大而有神，下巴会变尖，脸颊会变瘦，颈部会变得紧实，皮肤会变得光滑，整个人看上去会变得精神且活力。

微胖界的大多数人士，瘦下来之后能驾驭很多款的衣服，肌肉紧实饱满把衣服撑起来，该凸的地方凸，该平的地方平，整体给人感觉就上去了。也就是我们所说的逆袭。你看看，哪个男神、女神不锻炼，不健身？

胖的人，怎么拍照都不好看。健身前和健身后你一定要拍对比照，改变之后真的会发现差别还蛮大。

5. 健康

爱运动的人，身体大多比不运动的人要健康很多，老了的时候也显年轻。经常在健身房看到头发泛白的人，在同龄人大腹便便的时候，他们在健身房挥汗如雨，显得是那样的年轻健康，比现在的许多年轻人看上去还健朗几分。

并不是说锻炼就不会生病，但是锻炼会让你少生点病。其实这个应该放在第一点来说，锻炼健身，最大的益处，无非是收获了一个健康的身体。而健康这件事，是多少钱都买不来的。

6. 意志力

健身对于外表的改变是显而易见的，然而其对内在性格的塑造也是不可忽视的。

要在每天劳累之余，坚定地迈出踏向健身房的脚步，是需要极大意志力的。在别人躺在家里连着WiFi看着电视聊着天吃着榴莲的时候，你在健身房跑步举铁汗流浃背回来还要洗一堆衣服，不是每个人都能坚持下来的。但是，坚持下来的人必然修炼了一颗不怕困难、迎难而上的果敢的心。

要对油炸水煮关东煮、麻辣烧烤大猪排说不，也是一件极需要意志力的事情。吃瓜果蔬菜不怎么长肉，虾肉、鱼肉、鸡胸肉，因为脂肪少是健身者首选的肉类食品，但也不能多吃。例如：自助烤肉这样的店还是要少去，因为容易吃多；烧烤、肯德基，每次吃完，感觉得多跑几圈才能消化。渐渐的，我们自然而然地对那些容易发胖的食物和饮食习惯就敬而远之了，我们不会觉得肉类食物是多么的好吃，反而，我们喜欢上瓜果蔬菜的原汁原味，那样让我们身体内部很舒服，我们又一次，改变了习惯。

7. 学会接受挑战

我每一次去健身房，都会有打破上一次健身的记录的目标。每每打破自己的纪录，都想欢呼雀跃。

我尝试接受每一次的挑战，更大的重量，更远的距离，更快的速度，更长的时间，就算失败也没有关系，下次再来就是了。于是，我将这份哲学用于生活上。

任何一件事，不去尝试就不会成功。不去举一次更重的重量，怎么能知道自己举不起来呢，就算举不起来，那也没关系，迟早会举起来的。一件事的成功，前方必然有万般阻难，但是我们接受那些阻难，并拥抱它。这是爱运动之人大多有的心态。

8. 享受孤独

健身的人大多是孤独的，运动这件事就不是一件热闹的事。

每个人都有自己的计划和目标，我们自己监督自己，列下目标，执行计划，完成计划，再制定，再执行。没有人去监督我们是不是完成了目标，不会有小红花发给我们以资鼓励。就算后面认识了志同道合的朋友，也只是多了一份乐趣，并不能改变运动仍然是自己一个人的修行这件事。

让我借《文化苦旅》这书名一用，运动当也是一次苦旅。

没有什么打卡，没有什么标准，没有什么千军万马过独木桥，从始至终，都是你一个人，或许中途会有别人的加入，但是坚持下去，都是自己的事情。

我们在运动这条路上孤独地行走着，却也开始享受这份孤独。就算是一个人，也有大好的风景。

9. 结交朋友

说完孤独，我们来说热闹。去健身房久了，你会发现常去的，就那几个面孔，渐渐的，也就熟了。彼此一个微笑，一个招呼，然后各自锻炼。也有约好一起去，一起练，互相监督，互相鼓励的。

你能遇到许多比你身材好，还比你刻苦锻炼的人，与这些人相比，你会觉得自己那点小苦难都算不了什么。

这些人身上散发出来的正能量，让你自己都不由得加快运动的步伐。看到他们在跑步机上目光坚毅，上臂摆动，汗水从下巴滴落在跑步机的履带上；看到他们举铁时紧绷的肌肉，一次一次抵抗地心引力虽然艰难却依旧踏实而坚定的轨迹；看到他们举着比自己重的重量，做着困难的动作，肌肉一张一弛所呈现出的美感，这些都让我不由得更加喜欢上健身这件事。

谁都有弱的时候，但是那又有什么关系，谁不是从弱到强的呢。我还不够强，却在不断向他们靠近。

10. 快乐

最终，我们收获的，是快乐。

快乐的生活，轻松的心态，是世界上最值钱也最宝贵的事情。

运动的确是会让人快乐的一件事情。如果你去健身房或是操场锻炼一小时后，大汗淋漓，身体从内到外畅快自在，再多的不快乐，也会丢到10里开外。

我喜欢运动完之后，戴着耳机，眼睛看向天空，听着歌，轻松地在没人的小路上走，如果有一双翅膀，那一刻我就能飞翔。

以上10条，相信是所有健身的人都会体验到的美妙。

也是打算去运动的你，会体验到的美好。

你只需要付出点汗水，和坚持，就可以收获一个理想的身材，别人的瞩目，健康的体魄，以及，一个你从未感受过的世界，那么，你有什么理由不去做呢？

还有什么比运动，这种只要你付出，就一定会有收获还要划算的事情吗？

为什么我希望你能够起早一点

诚实地讲，在大多数时候，我是一个晚睡晚起的人，但我却非常喜欢早睡早起时候的自己。

为什么这么说，其实我的晚睡大多时候是因为拖延，总是把事情拖到截止日期再做，所以总是在晚上10点以后才开始做最重要最紧急的事，然后弄到两三点才睡。

其实熬夜做事的时候，效率是高的，可内心也是愧疚的。尽管也睡足了7小时起床，可起床后却依然很疲惫。

我看过很多文章说晚睡晚起其实也没关系，因为很多人就是适合晚上工作。的确，是有一部分人是这样，我在晚上写字的灵感也明显高于早晨，但是，当我早睡早起的时候，却发现无论是我的精神还是身体状态，都明显变好了很多。

所以，除非是紧急赶稿子的情况下，我总是让自己早睡早起，这个习惯很难养成，也很难坚持，但一旦坚持下去，真的受益颇丰。

所以，我想先和你们说说早睡早起的切实好处。

一、早睡早起，给我带来了什么好处?

1. 拖延症没了

因为强迫自己晚上11点之前一定要关手机关电脑，所以很多事情没办法再拖到那么晚就会尽早处理掉。加上早起以后白天的效率很高，所以吃完晚饭以后，就基本没什么事情需要忙碌，洗个热水澡，10点就可以上床看书了。

不像以前，越到晚上越觉得焦虑，感觉一大堆事还没做，纠结做不做、该先做什么的时候反而浪费很多时间，所以洗澡也很晚，洗完澡后总感觉精神不少，便拿出手机开始玩。睡觉的时间又往后拖了很久。

2. 看的书多了

别小看睡觉前的这点时间。根据我自己的统计，我在早睡早起的一个月里，看完了7本书。在没有给自己订读书计划，随心而看的情况下，还能看完7本书，我觉得已经很不错了。其实有时候，越是随意越是轻松，越是能达到意想不到的目标，我们往往提前规定好自己要读多少书，到最后反而一本都没读完。

我见过很多人和我说没时间读书，我问他为什么没时间，他和我说每天工作都很忙，下班回家还有一大堆事。我没有反驳，然后继续看他在深夜活跃在各个微信群里聊着天。

用睡前玩手机的时间看会儿书吧，不但能放松精神更有助于睡眠，还能让自己不知不觉就提高了思维的广度和深度。说起来，睡前看书这个习惯，是从小就养成的，就像是渴了要喝水，睡前要看书已经成为一种行为定式。要是哪天让我睡前不看会儿书，反而觉得睡不好了。

3. 早点吃好了

大家都知道早餐的重要性，可是我们又总是忽略早餐，于是诞生了brunch这个单词，即所谓的早午饭。

但其实不吃早饭真的挺难受的，尤其是之前晚睡晚起那会儿，10点钟不知道是吃还是不吃，吃的话午饭又吃不下，然后所有的吃饭时间都往后推，等到晚饭又要到晚9点，又不能早睡了。而不吃的话等到中午的饭点，肚子是又饿又没胃口，怪难受的。

而一旦早起吃一顿丰盛的早饭，对于一天的身体代谢都是再好不过的了。三餐规律、饮食正常，很多健康问题都会因此而消失。

别等到胃出毛病了才想到要好好吃饭。我身边有太多人因为饮食不规律而患上胃病，不但很多东西不能吃，还不能好好享受这世上的美食，这是件多遗憾的事。

早点起来，坐在餐桌前好好地享受一顿早餐，开启元气满满的一天吧。

4. 效率变高了

早上的这个时间段，基本没有人更新朋友圈，没有人发微博，也没有人找你，你不用去频繁地翻看手机，这正是高效地去做事的时候。

之前晚睡晚起的时候，总是把一件事拖很多天。而开始早起之后，每天早上的思路都特别清晰，正好适合做那些让人头大不愿意去做的事，而一旦解决了这些难题，一天的心情都会因此而变好。

把所有重要的事都在早上解决了，这接下去的一天就会越来越轻松，成就感也会一天天增强。

其实，我们不是有做不完的事情，我们只是有一颗不想在白天做完这些事的心。

5. 皮肤变好了

早睡早起最直观的感受就是我的皮肤状态变好了，脸上也不长痘了，痘印也消了。整张脸看上去很有光泽感。

别再敷最贵的面膜熬着夜了，早点睡觉比什么护肤品都管用。

6. 体重下降了

因为生活不规律而导致的肥胖，其实才是大多数人减不下肥的原因。因为晚睡，所以大多数人会有在深夜吃点东西，或者很晚才吃晚饭的习惯，但睡前的进食是导致变胖的元凶。

而且因为晚睡晚起，身体的代谢降低，长此以往就容易变成易胖体质。所以你看那些早睡早起睡眠好的人，就算不用刻意控制饮食都能保持一个不错的体形，就是因为这个道理。

7. 真的睡饱了

尽管睡眠时长和之前一样，但睡醒之后的感觉却截然不同。

逼迫自己早睡以后，就算没有定闹钟，也会在早上6点钟时自然醒。那是一种骨子里睡饱了的充实感。醒来的那一刻不会想要赖床再睡个回笼觉，只感觉自己精力充沛，想要起来感受新的一天。

二、那么，如何做到早睡早起呢？

1. 信念

我告诉自己不再去相信坊间的说法，即所谓的"晚起毁上

午，早起毁一天"。而是坚定地相信，早起这件事，一定能带来
颇多益处。

2. 监督

我把自己要早睡早起这件事，写在了公众号，发在了朋友圈
里，如果晚上11点以后我还在和别人聊天，还在给别人点赞，还
在回复别人的留言，那岂不是打自己脸？打脸的事我可不想做。
所以，既然已经拒绝在晚上11点以后出现在所有的社交中，那我
还玩什么手机，老老实实上床去吧。

还有更狠的，便是和别人下一个赌注，比如别人发现自己晚
上11点以后还活跃在网上，便给那个人一定数额的金钱作为对自
己的惩罚。

所以你也不妨试试让更多的人知道你早睡早起这件事的决心
吧，让朋友们一起来监督你，不失为一个好的办法。

3. 列一个计划清单

很多时候，我们早上赖床而不愿意起来，是因为我们不知道
起来以后去做什么。我宁愿躺在床上刷微博，也不愿意起来以后
无所事事。所以，头天晚上，列好计划很重要。

我每天睡觉前，都会拿一个小本子，列下第二天早上要做
的事情。哪怕很小，也写下来。比如说：吃豆浆+油条，再来个
荷包蛋；洗一桶衣服；写一篇文章；去图书馆找一本书，诸如此
类。这样，当你早上醒来之后，你想到有那么多事情要去做，就
没有理由躺在床上了。

4. 醒来之后就起床

这点很重要，很多人醒来的第一件事就是玩手机，而殊不知一旦开始玩手机，早起计划就失败了。

为什么这么说呢？比如刷个朋友圈、微博，逛逛淘宝，半个小时就过去了，然后想着反正都已经刷这么久了，不如再睡会儿吧。于是所有的事情都像之前一样继续往后拖延了。

在最初的最初，关掉闹钟以后，我们的心理想法是，就刷一小会儿手机没什么的吧。

但这导致的结果却是我们在一开始就以一个微小的行为摧毁了一天。所以，当我们试图养成早起这个习惯的时候，不要小看这件貌似并不重要的小事，这也是心理治疗专家威廉·克瑞斯在《终结拖延症》中提到过的。

最后，早起这件事其实没有多伟大，但就是很多人坚持不了，所以这也是早起的意义所在。

早起最了不起的地方就在于早起本身。当你以一个很多人难以坚持的事情开始了一天之后，你就能做出更多别人做不成的事情，长此以往，便为你自己的人生积累了诸多优势。

所以，没什么事的话，就早点起床做事吧。

别等有时间了再做，你等不到的

在所有拒绝的理由中，听到最多的一个就是："我最近很忙，没有时间，等过段时间我空下来了，再去……"

而往往说等我有时间的人，永远都不会有时间。

我们总感觉日子过得忙忙碌碌的，好不容易喘口气，嘴里还都是上一顿外卖的味道。这样的日子挺糙的。

可往往把日子过得越糙的人，越不会安排时间。你看各个行业的翘楚，从来都是打扮得体，妆容整洁，不会蓬头垢面拿着路边随手买的早餐掐着时间赶地铁。

同样的24小时，可他们却总像是有用不完的时间和学不完的技能。记得蔡康永有一段很有名的话：

15岁觉得游泳难，放弃游泳，到18岁遇到一个你喜欢的人约你去游泳，你只好说"我不会耶"；18岁觉得英文难，放弃英文，28岁出现一个很棒但要会英文的工作，你只好说"我不会耶"；人生前期越嫌麻烦，越懒得学，后来就越可能错过让你动心的人和事，错过新风景。

其实很多时候，我们明知道该怎样去做，可就是觉得自己忙到没时间做。我们总是这样抱怨每天工作学习已经那么辛苦，哪还有精力做这些啊。所以只能活生生地错过一个又一个的机会。

越忙越穷，越穷还越忙。陷入这样无止境的怪圈中。那么到底该如何摆脱低效率的勤奋，实现高效率的时间管理呢？

我们先从统计自己的时间开始。

苹果手机自带的一个功能叫屏幕使用时间，可以很直观地看到我们每天玩手机的时间、拿起手机的次数、使用最长的软件，等等。

我一向觉得自己是个自律的人，可当我看到我的屏幕使用时间的时候，我自己都惊呆了，我在不知不觉中每天将近7小时都在使用手机，光是微信，日均使用时间就是3小时18分。

也就是说，如果不玩手机，我还能再胜任一份全职工作。

无论是用这玩手机的时间做什么，都将会是一笔巨大的收益，根据1万小时理论，4年的时间你就能在一个新的领域成为翘楚。

也就是说，如果我们能掌握好时间，那么每4年我们就能精通一项新技能，这会是多大的一笔财富。

而我们却总是说自己没时间。

在TED中有一个演讲，主题是"我们真的没时间吗？"演讲者举了一个例子，有个一直说自己没时间的人，家里水管突然坏了，也就意味着家里没水可用，她必须在一周内尽快修好水管。

在那一周，她花费了7个小时在这件事上，相当于每天多了一个小时的时间。但如果在一周开始的时候问她，"你能不能一周花7个小时运动""你能不能一周花7个小时的时间学一项技能"，她肯定会和我们大多数人的回答一样："不行，你看不出来我每天有多忙吗？"

所以时间管理的关键，在于你能不能利用时间对待重要的事情，像对待那个坏掉的水管一样。

"我没时间"，通常意味着这事情不重要。

你让我大扫除，我可能会说，我没时间，但如果你给我100万让我大扫除，我立马就去做了。这就意味着，时间，其实是选择。你会选择那些更重要的事情。

我们要相信，我们会让我们的生命，充满有价值的东西。

那么，怎么做到？如何知道什么是重要的事情呢？

在看《奇葩说》之前，我不认识艾力这个人，看完那一集之后也不觉得他有多厉害，直到看到他的那本《你一年的8760个小时》，对艾力有了新的认识：

他对自己的时间管理简直让人敬佩。

他的34枚金币法，即从早上7点到夜间12点，以半小时为单位记录时间，每天晚上花10分钟的时间对一天进行复盘，养成这样的习惯之后，就知道自己每天都有多少时间是在拖延中度过，又有多少时间是在高效工作。

也正是因为他对时间的苛刻，他才可以成为新东方最年轻的集团演讲师，《奇葩说》的5强，有8块腹肌，每天坚持更新英语视频，写出了排行榜第一的畅销书。

每一周都会健身、写作、上课、备课、录制节目、准备比赛的安排，也会有打游戏、社交的欢乐时光。真正的劳逸结合，高效地工作，高效地玩。

其实与其说是安排时间，不如说是记录，记录每一天时间的流逝，正如我们对金钱的记录，如果不去刻意记录，当100块被换开以后，我们很快就会用完，且不知道用到了哪里，时间亦如此。

我们再来看一组数据：一周有168个小时，如果你是全职工作者或者学生，每天工作或者学习8小时，一周工作40个小时，每晚睡8小时，一星期就是56个小时，还剩下72小时。

72小时意味着什么，意味着每天都有额外的10小时做你想做的事情。而你大概完全不知道自己每天有这么多可以自由支配的时间。

就算减去每天洗漱1小时，上下班通勤2小时，每天还有7小时。7小时，就等于你完全有时间胜任一份全职工作，而我们把这7小时的时间完全浪费了。

再假设你一周工作50个小时，还会剩余62个小时，也就是每天有将近9小时可以做你爱做的事情。

就算是工作狂，一周工作60个小时，也就是单休加每天工作10小时，这已经不得了了，那也还有52个小时可以做你喜欢做的事情。

有研究者将人们的预估工作时间和实际工作时间做对比，一个说自己每周工作75小时的人，和实际相比有25个小时的误差。

所以，即使你每天工作8小时以上，也有很多时间做自己想做的事情。只是我们完全意识不到而已。

所以我们经常有下面这样的感受：

每天早出晚归，忙了一天回到家，却不知道自己做了什么。

每月匆匆而过，转眼就过去了一年，年底的时候却说不出这一年取得了什么成就，似乎又是碌碌无为的一年，在愧疚之下写下了新年计划，然后年底的时候再把上一年的新年计划，再愧疚地写入下一年的计划当中。

所以，别再写新年计划了，写当年的年底总结吧。

假设现在是这一年的年末，写下这一年你做的最有成就感的3～5件事，以及3～5件让你生活变得精彩纷呈的事情。

这样我们就有了6~10个目标，接下来就是拆解计划。

假设你要学PS（Adobe Photoshop，简称），也就是说你要先下载一个PS软件，找好攻略，接下来，也就是最重要的一步，对待重要的事情，要像对待那个坏掉的水管一样，把它们写在日程计划表的第一栏。

在每周五列出下个礼拜的计划，而不是在礼拜一。

星期五下午也被经济学家称为"低机会成本"时间，我们通常会在周五的下午，期待着下一周自己为目标而努力奋斗的场景，所以，我们需要思考，什么是我们的首要目标。

所以，在周五下午列三栏计划表，分别是工作、感情和个人。然后看看下个礼拜，把这些事情安排在什么时候。

列好计划以后，有意识地把每天的时间分配进行一个复盘，看看当天有多少时间是在拖延、玩手机、不知道自己在干什么的状态中度过，又有多少时间是在高效地做事情。

用这样的办法，不但知道时间去哪了，还能在每周结束以后，收获满满的成就感。养成这样的习惯之后，你会发现，时间管理，其实很容易。

时间总是有的，即使我们再忙，还是有很多时间去做重要的事。

当我们关注生命中重要的事情时，当我们真正想要改变现状的时候，我们就有时间去创造我们想要的生活。

只有学会利用时间才能够真正地让生活变成自己喜欢的样子，而不是只是因为一句没时间，就埋葬掉所有的可能。

假如真有时光机，后来的我们会怎样

我想，写了这么多人，也该有一篇是属于X的。

大学毕业后再见到X是在2018年，我出差到深圳，X来火车站接我。

我是喜欢过X的，笑起来有两个酒窝，露出两排整齐的牙齿，在黑色的肤色衬托下显得特别白，带着口音的普通话。之前身材就很好，3年没见，身材竟然越发性感。在我目睹了许多人毕业就变胖之后，看到X的身材和自律，突然感到欣慰，当初果然是没有看错人。

毕业之后的X更加体贴懂事了，看着X跑前跑后，给我制定游玩线路，我就只是像个智力障碍者一样跟在身后，角色好像瞬间颠倒过来了，曾经跟在我身后屁颠屁颠的小孩，现在长大了。

X知道我喜欢吃火锅，便带我去吃当地的潮汕牛肉锅。

3年没见，酒过2杯，X说我一点也没变，只不过眼睛里似乎多了很多东西，可是却比当年还清澈了。

我说那岂不是更好看了，有没有喜欢上我。

X说，是好看了，可是也胖了。

哈哈哈，为什么更清澈了，我说。

因为感觉当年不懂你，现在懂了你，便也看得清你了。

我们聊起当年，说起从前，那些大学时光里无忧无虑的日子，似乎就在昨天。谁和谁玩了什么样的大冒险，说过怎样的真心话。X第一次见我，是在学生会的学长们下寝室宣传的时候，第一印象觉得我很老实。

现在觉得我是怎样呢？

你是那种想要得到什么，就会付出一切努力去得到的人，总是好奇新鲜事物，尝试生活所有的可能，敢想敢做的人。

可是最后，我还是没有得到你啊。

也许得到了，你就不会珍惜了。

突然间我愣住了，是啊，要是曾经得到后失去，现在的我又会是什么心情，我们还会像现在这样，坐在热气腾腾的火锅店，调侃当初的如果吗？

或许庆幸未曾得到，所以不像普通朋友那样有所顾忌，才能在你面前肆无忌惮地吐露心声；也不像对前任那样百感交集，我们所有接下去的故事，都不会变得更坏，便也充满了惊喜。

X把我送回酒店，我趁着酒醉摸了摸X的腹肌，明明吃这么多还这么平坦，真是让人羡慕。X笑着把我推开，哄着我睡下，说着明天见，然后就离开了。

还是不会留下的啊，我还暗自期许些什么。我对自己傻傻地笑着。那么，就明天见吧。

作家江国香织说过，她最喜欢的句子就是：明天再见哦。

便是这句在睡觉前，她和妹妹一定会说的话。在说了晚安之后，或是替代晚安。听到这句话，便感到幸福，这意味着明天又能一起玩了。

多么幸福的一句话，这意味着明天也能相见。

明天的存在固然是不言而喻的事情，但是能如此直接地说出来，我便由衷地感到欣喜，心中安然。能和喜欢的人明天再见，那么梦里也一定是香甜的。

所以，明天见，我喜欢的你。

第二天我是在X的敲门声中醒来的，热乎乎的早餐，拉开窗帘是大大的太阳，暖暖的。X问我，去干吗呢？我说，去看电影吧——《后来的我们》。

那时候正好赶上这部电影上映，口碑褒贬不一，但好像也就这部电影最符合当下的心境。

电影看到一半，我凑在X的耳朵边，想和X说话。

X听不清，便把脸贴过来了一点，我们之间的距离，只有不到1厘米。

突然好想就这样亲上去，就像5年前。

"你知道今天是什么日子吗？"

"什么日子？"

"今天是我初吻的日子。"

然后猝不及防，我亲上了X的脸，然后迅速后退。

X脸都红了，然后一脸尴尬。

我在一旁开心地笑着，全是得逞后的兴奋。

那是2013年10月23日。

看完电影后我们有10分钟没有说话，然后X问我，好看吗？

我说不知道。

电影其实讲述的不过是再普通不过的事，可越是普通，就越让人看到自己。一起经历过的欢笑悲喜，终究抵不过年少的幼稚与轻狂，抵不过时间的捉弄和命运的玩笑，我们最后没有能走到一起，我们还对彼此留有念想，我们到后来，才懂得如何去爱。

现实生活中的后来的我们，其实说不上太好，但也都没有太坏。

想起《时空恋旅人》中的一句话："我们生活的每一天，都在穿越时空，我们能做的，就是尽其所能，珍惜这趟不平凡的旅程。"

无论是爱过的人也好，错过的人也好，爱而不得的人也好，对不起的人也好，依然爱着的人也好，都曾欢喜地来到我们的生命中，陪伴我们走过一段难忘的旅程。

说不上遗憾，也说不上后悔，因为如果真的回到过去，我们的结局也不一定会更好。

就像电影里的那段对话：

如果当时你没走，后来的我们会不会不一样？

如果当时你有勇气上了地铁，我会跟你一辈子。可惜我们错过了。如果你认为当初的我不能跟你一起过苦日子，那你如何认定现在的我就能跟你一起过好日子？

听到这段话的时候，我想到了很多人，想到了那些错过的曾经，那些还没有好好绽放就衰萎的时光。

可假如真有时光机，我还会选择回到当初吗？

大概不会吧。我只是会偶尔想起你，等到再见你的时候，会想着当时如果我们没有那么任性，没有那么幼稚，没有分手，现在的我们，是不是会还在一起。

但总要留些遗憾，等到后来，才会有故事可以说。

正如幸福不是故事，不幸福才是。

电影最终在《后来》的歌声中结束："后来，我总算学会了如何去爱，可惜你早已远去，消失在人海。后来，终于在眼泪中明白，有些人一旦错过就不再。"

后来的我们，什么都有了，却没有了我们。最大的遗憾就是，你的遗憾与我有关。你曾经愿意为我上九天揽月，下五洋捉鳖，可后来的我们，再次相见，只能是朋友。

"缘分这事，能不负对方就好，想不负此生真的很难。"

大学毕业酒会那天，我喝多了，在空间发了很多合影，大家都哭着笑着，红着脸说着毕业快乐。

早早睡下，半夜醒来，看到X给我发的微信：毕业快乐，很久没找你了，虽说知道你迟早要走，但今晚看了空间才意识到你真的毕业了。大学受了你很多照顾，要说真的舍不得11级的，就属你一个。

看你的空间和朋友圈的照片，你总是笑得很开心，嘴巴眉毛骚得不行不行的，就知道你过得很好过得很充实，这一年的闭关修炼也是很成功。

你以前说我是小太阳，会给你带来光和暖，但其实是你的光芒照到了我的生活里，即使现在很少见面，总能在校园不经意就看到你的名字。

感谢你这两年来勉强不嫌弃我又老又丑，忍受我不冷不热的反应。

最后再祝你毕业快乐。爱你的X蛋。

以后少喝点酒，脸都比猴子屁股要红了。

那一刻我的眼泪就那么落下来，是满足和喜悦。

这之后的几年时间，我们很少聊天，偶尔看到X在朋友圈晒着幸福的合影，好像瘦了点，好像挺开心的。

电影里，见清说分手后还要再见面，因为我想知道你过得好不好。

小晓问见清，分手以后，你希望我过得好还是不好。

我希望你过得好，但不要比我好，差一点点就好。

不想你过得好，因为带给你幸福的人不是我。

也不想你过得差，因为我已经没有资格再为你做些什么。

毕业的时候，没有和你好好说过再见。

所以这次，也要像电影里那样好好道别。

地铁站分别的时候，我拥抱了X，说，X，再见。

X说，再见。

我进了地铁，向X挥手，X也向我挥手，直到地铁开出站台，车窗再也见不到X。

到酒店的时候，我给X发微信，说我到了，好想你。

X说，我们都回来了。

当飞机从深圳起飞的时候，看着下面的城市渐渐变小，会有点不舍，不是因为这座城，而是因为你。

虽然我们不会有以后，但庆幸的是，后来的我们，都挺好的。

在各自的城市奋斗，虽然一样不知道什么时候会扎根。电影里小晓说，只要待够了5年，就算是扎了根了。我在上海工作2年，你在深圳2年，还有3年的时间，希望再后来的我们，都会更好。

你知道吗，有一种人，他们曾让你对明天有所期待，最终却没有出现在你的明天里。

也有一种人，他们会在往后的岁月中给你更长久的幸福，虽然他/她不曾来过你的青春。

谢谢你来过我的青春，教会我爱，哪怕是爱而不得，可却足够美好。当青春落幕，我们都从彼此的大戏中退场，也只愿你找到那个比我还爱你很多的人，携手余生。

你的人生总会遇见一些荒唐的故事

你有多久没有肆无忌惮地狂笑不止？有多久没有声嘶力竭地号啕大哭？又有多久没有感到发自内心的快乐了？

好像很久了。

小时候快乐很简单，一个10块钱的玩具就能让你高兴很久很久；长大后开心却很难，哪怕花大价钱买了一件心仪很久的物品，也只是让自己开心一小会儿，甚至连朋友圈都没来得及发就忙着做下一件事了。

为什么会这样呢?

因为克制。我们渐渐学会了克制自己的愤怒和喜悦、克制自己发朋友圈的数量和语言，甚至是克制每一次的表达和行动。我们学会权衡利弊得失，学会忍耐与沉默。有人说，成长就是把哭泣调成静音的模式，所以才有那么多悄无声息的崩溃吧。

所以小时候才那么快乐吧。因为无忧无虑、无所畏惧、不怕摔倒和失败；因为想要的就哭着吵着去得到；因为没人能猜到你能做出多少出格的事情。

因为充满了未知与冒险，所以才有刺激与快乐。所以，不妨试试回到小时候的状态，那样果断与疯狂，偶尔做一个没心没肺的疯子，生活就会因此而快乐不少。

因此，我称之为"疯子的快乐生活法"。

在看《哈利·波特》的时候，有一幕画面我至今印象深刻，那是哈利为了打听情报，穿着隐身衣偷偷地爬上了火车上方的行李架，然后就那样趴在上面听着别人的谈话。

那一刻我在想，如果我也爬上火车的行李架在上面躺着会怎样，会不会很有趣。

我差点就这么做了。那天从上海去广州玩，隔壁车厢是备用车厢，加上是淡季，所以我们就溜去了那个没人的备用车厢。我和闰土两个人各霸占着一排三人的座位，餐桌都被我们的酒水小吃摆满了。

我和闰土一起喝酒吃薯片聊天，酒劲儿上来以后，是的，只要一小杯酒我就能微醺，脸红的我突然和闰土说，你说我爬上去会怎样？我指指行李架。

没等闰土回答，我就开始脱鞋然后站上座位，比画着我与行李架之间的差距。当我就快开始爬的时候，闰土把我扯了下来。

虽然没有成功，但那一瞬间，我感到无来由的快乐。我想下一次，有机会的话，我还是想试试的。

哦，对了，那次旅行也是临时决定的，那天下午面试成功后想着来个正式工作前的旅行，于是问闰土有没有时间，于是我们便相约在了火车站。由于太仓促，上海直达广州的火车都没了，我们是买了去长沙的硬座，整整一晚上，第二天早上再从长沙坐高铁去广州。

过程其实还蛮波折的，但或许是因为正好空出来的车厢让我们少受了很多折磨，也或许是酒后的微醺让我差点爬上了行李架，我对那趟火车和那个车厢的印象甚至比我后来的广州之行还要印象深刻。

因为打破常规、说走就走、不怕折腾。

《人生不设限》的作者力克·胡哲也一直是这么做的，所以后来我看到书中他列举的事例时，竟觉得我们还挺像，不由得生出一种骄傲：原来我们快乐的方式都很相同。

你能想象一个没有四肢的人在海上冲浪吗？在力克·胡哲做这件事之前，没有人能想象出这样的画面，但他就这样去做了，而且还成功地做到了。

很疯狂不是吗？当时他身边的每个人都劝他不要去做这件傻事，可他却固执地想要尝试，而且他尝试的疯狂事还不少。

在一次坐飞机的时候，他和他的助理率先登机，面对暂时空无一人的客舱，他迅速地让他的助理把他塞进了客舱的行李架里，就为了吓唬那个即将打开行李架的人。

等到有乘客打开行李架的时候，他打趣地说："先生，你忘了敲门哦。"

突然的惊吓让那个乘客后退了一大步，接着，机上的所有人，都笑成一团。当然，也包括他自己。

光是脑海中想象这个画面都觉得不可思议，更何况当时在场的人，一定会让他们所有人记一辈子吧。

除了冲浪、恶搞，他还做特技演员，学杂技，每一样看上去都不像是他能去做的事情，结果每一件他都做了，而且还完成得很出色。

他认为：地球上所有人每天至少要做一件荒谬可笑的事，无论是执着于追求一个梦想，让旁人看了大呼可笑，还是单纯做一件可笑的事都可以。

而在我看来，除了冒险的、可笑的，还有刺激的事也值得一做。

比如说，游乐场，它从来没有让人失望过，哪怕需要排队，可是从你坐上游乐设施开始，你就忘了烦恼。

我是一个怕高怕刺激的人。每一个从高处俯冲下来的设备，我看得都怕。但是每一次，都一边捂着胸口一边排着队，听着别人的尖叫，表面平静，其实心里已经尖叫了千百回，心跳更是急剧加快。

可是当每次冲下来，尖叫着的时候，心里只有一个字，爽！

因为你在做一件很疯狂的事情。在做这件事的时候，你根本没有心思去思考有的没的，所有的精力都聚焦在此刻，此时自己最真实的感觉。

那是在用另外一种方式与自己对话。

去尝试你没有尝试过的事情，你会发现，其实你可以。

我四肢不协调，从小就特别羡慕那些体育特别好，或者是特别能跳舞的人。

一直到大学开始尝试各种新鲜事物之后，当我发现面子这个东西实在是没什么用，放开自己去享受生活和乐趣之后，我发现生活多了许多的原本不可能。

不怕成为健身房的弱鸡，办卡健身骑动感单车，自荐当单车教练；

不怕变成操房里最尴尬的那个，走进操房开始学习瑜伽有氧操踏板舞；

不怕跳舞不协调被嘲笑，放慢动作认真去感受然后拍出好看的视频；

这些，都是在我之前的25年里，认为是与我无关，甚至疯狂的事情。

于是我发现，那些曾经我以为的不可能，其实都是自己给自己设的门槛。而当我成就那些不可能之后，带来的巨大成就感会让我更有自信。

一个人，一旦有了自信，就敢去尝试更多的不可能，做更多疯狂的事情，获得更多的快乐。

去冒险、去挑战、去爱，让生活多点可笑的乐趣，你会发现生活会因此而变得可爱起来，不再呆板，充满活力。

我认识一些人，年轻时追求他人的认同与财富，到了晚年却发现自己没有享受到人生。

不要让这种事发生在你的身上。为了生存，你有必须做的事，但也请你尽可能找机会追求自己热爱的事。

别让你自己"死"在了20多岁，陷在一成不变的生活中，为生存打拼，却忽略了生活品质。

这真的很可怕，所以别忘了找些荒诞可笑的乐子，享受有趣的活动，让自己忘了时间，忘了身在何处。

我们都不清楚我们的每一天、每个月、每一年或一辈子都会发生什么，正如我们不知道意外和明天谁先到来一样。

但我们每个人都有能力用大胆狂放加上疯狂的热情，为自己增添光彩，并且去追寻生命中的热情与乐趣。

如果连四肢都没有的力克·胡哲都可以拥有那么多荒谬可笑的乐趣，挑战极限，享受人生，我们为什么不可以？

只要敢于疯狂，你就能拥有快乐得不像话的人生。

我期待未知的人生

从2015年来上海读研，到如今，算算也在上海待了4年。

"你当时为什么来上海？"在人民广场1号线和2号线路长人多的换乘过道里，潘潘问我。

"你觉得上海有什么好？"在淮海路上，撑着刚刚在宜家买的9.9元的长柄黑伞，健雄问我。

"你以后是会留在上海的，对吧？"在上海大学附近的西餐厅二楼露天平台上，闰土舀起一勺他赞不绝口的土豆泥，然后问我。

是啊，上海房价这么贵，压力这么大，到底哪里好呢？明明退一步回到老家就是不愁吃穿，不担心房租，不用因为要搬家而不敢买好的家具的惬意生活。那么，为什么还要留在这里？

为什么放弃小城市的房，而选择大城市的床？所有在外拼搏的人都会面对许多类似的问题，而这一次，我想和你说说我的原因。

故事要从我读初中时说起。那时候父亲从上海带回来一张他在东方明珠的照片，他喝了点酒，脸红红的，靠在东方明珠的电梯上，背景是外滩的十里洋场。

那是我第一次接触到上海。微醺的父亲，放松的笑容，惬意地靠着，那是骨子里散发出来的满足。那次，父亲是去上海考取职业经理人的证书。

时间往回倒半年，我每天吃过晚饭，在房间里写作业，父亲把餐桌清空，倒一杯茶，然后开始做题，背书，等我写完作业，大概11点多，父亲依然在厨房看书。

父亲认真的样子就那样刻进了我的脑海里。快要去上海考试前，父亲拿着那本比新东方考研词汇还要厚的书，叫我随便抽查，看他是不是能记住。

每一道题，我刚刚读出题目，他就能迅速地知道选项，甚至是我调换了答案的顺序他都知道。那时候，我惊讶于父亲的记忆力。

现在，等我长大，忙碌了一天，赶上晚高峰的地铁回家，地铁里的人们都因工作劳累而面无表情，回到家后只想躺在床上，什么都不想做。这时，才更加深刻地明白，当时父亲每日下班后苦读考证，是有多么不容易。

正是这样，当我看到父亲在东方明珠上，那惬意满足的笑容时，我被整个照片所吸引，一同吸引住我的，是上海。这个在当时的我眼里，只有刻苦努力才能去到的城市，一个属于成功者的城市。

因为，那是我父亲，努力了无数个夜晚才最终到达的城市。

然后到了高中，那时候每个人的书桌里，都会塞几本青春小说，然后互相传阅。加上我们是文科班，所以没事就看看闲书，比如当时火爆了整个青春的《小时代》。虽然很多人对它的评价不高，但不可否认的是，它给了我们很多想象。

在《折纸时代》里，有各种辞藻堆砌起来的繁华和奢靡，从极尽奢华的贵族学校、充满顶级时尚元素和快节奏的M.E杂志社，小到顾里在南静安的欧式别墅，大到对上海大都市上流社会时尚生活的炫耀，这对当时封闭式沉浸在书海里的我们来说，似乎就像是罗刹海市，那么遥远，却又似乎不是那么触不可及。

我甚至还作死地让同桌阿辉买了《虚铜时代》的限量收藏版送给我作为生日礼物。那羊皮封面的质感，摸起来的极致体验——陆家嘴的高楼，外滩的奢靡，我把海报贴在床头，暗自告诉自己，大学，一定要到上海。

《刺金时代》，也就是大结局出版的时候，我已经在读大学，可不是在上海，也就没有心情去看这最后一部。他们的生活和我没有什么关系，他们在上海，而我不在。

高考的失利就像手指有了一根倒刺，看上去相安无事，偶尔触碰到时，倒吸的一口凉气让你刻意忘记疼痛的努力烟消云散。

大学时我参加各种比赛，演讲、辩论、策划、实战；加入各种组织，学生会、社团、班干、党支部、楼干；投身各项实践，三下乡、出国交换、课题调研、实地考察、青旅义工。我用这些来充实我的生活，提高我的筹码，增强我的技能。

事实证明，很成功，我的确有了一段充实的大学时光，我开始喜欢这里的生活。然而无论我做什么，我都告诉自己不能像那温水里的青蛙，我清楚地知道，我要考研，我要去上海。这是我拿到高考录取通知书时就下定的决心。

大三那年的寒假，我开始全身心地投入到考研这场大战中，不问成败，只求一搏，所求只为问心无愧，只当是为我那十几年的上海梦，最后再拼尽一次全力。

跨专业、跨学校、跨地区的考研路上，300多个日日夜夜，多少心酸无人说，打碎了牙往肚里咽，徘徊、开心、迷茫、纠结，甚至绝望，这些情绪在考研的日子里陪伴着我。它们不是好的陪伴者，但它们让我更加坚定了去上海的信念。

后来，我考到了上海。虽然迟了4年，可我终究还是来了。我发现，它就是我想象中的样子，光影交错间透露着时尚的气息，每一条街都散发着自由的气息，地铁里的人行色匆匆，每个人努力向上，可依旧可以在夜晚，喝一杯小酒，三两知己也好，一个人也罢，享受着，属于自己的上海。

一转眼，我在上海一待就是4年。虽然一直住在不算市区的浦东，可慢慢地对上海的各个区域熟悉起来。

哪个地铁站有什么商场，哪个地区新开了网红餐馆，哪里又有新的展览，又在哪里无意碰见了哪个明星……这么说起来，也像是融入了这座城市。

曾经有个同事问我，你说我们工作生活的这地方，都可以算是郊区的地方，这和在老家待着有什么区别？

区别大了。

这里有世界一流的展会、有最受欢迎的活动、最新奇的事物、最活跃的思想和最努力的人群。

每一个在这里的人都不甘也不敢堕落，因为我们知道，一旦停下来就会被无数人超越。

这样不累吗？

当然累，但真实的累好过虚假的平凡。最怕的是你碌碌无为，还安慰自己平凡可贵。

大家各凭本事赚钱，能力越强，赚钱越多，没有所谓的怀才不遇，只看你是不是真的有才。你说，会不会有不公平？当然会有，从来都没有绝对的公平。可越是大型城市，不公的情况反而越少，不是吗？

只要努力，然后坚持，终究会得到与你努力和才华相匹配的生活。总有未知，总有机会，总有惊喜等着你，这，或许就是大城市的魔力吧。

你可以永远怀抱希望，而有希望，就是幸事。

每个人，都可以在这里找到属于自己的上海。

的确，上海居大不易。买不起的房，成不了的家，娶不起的老婆，生不起的娃。

但是，谁说，人这一生，为的就是买房成家呢？而且，谁说，你一时买不起房，就一辈子买不起房呢？

月入几千块钱的人有几千块钱的活法，精致高档的餐厅你吃不起，转个街角，你可以找到肉多皮薄的大碗馄饨，10块钱三素一荤的快餐，十几块钱一盘的炒菜，或者买些菜，回到合租房，炒一炒，喝点啤酒，盘算着明年能不能搬进一居室。

有了盼头，便有了动力，月入几千块钱的人，总会变成月入几万块收入的人，把家装扮成无印良品的性冷淡风，窝在懒人沙发上，点上香薰灯，滴上甜甜的葡萄柚精油，打开音响，喝点红酒，或许还有身边的人，可以相视一笑。

上海的包容，给所有人以生存的空间；上海的魔力，给所有人以美好的希冀；上海的情怀，给所有人以休息的片刻。

毕业后在上海的这几年，其实日子并没有想象中的那么辛苦，所有的一切都是自己选择的，我乐意为我的选择买单。

独自在外的日子，虽然有时候是孤独了些，可我却感受到从未有过的自由。我真切地感受到全然掌握着自己的人生是怎样的感觉。

不断有新的目标、新的挑战，我不知道明年的此刻我在哪里住着什么样的房拿着多少的薪水，但我知道此前的几年，我的日子越来越好，那么此后，也不会太糟。因此，这样的未知让我感到兴奋。

我给潘潘讲了为什么我要来上海的故事，就像正剧的前传，看上去无关紧要，却又密切万分。那时候2号线地铁已经到了世纪大道。我们互相说着再见。他凌晨给我发来了一张他刚刚画完的设计稿，我发给他一篇刚刚写出的文章大纲。

我和健雄走在颇有小资情调的淮海路，下着小雨，一路走到了淮海路755号的无印良品店。原来我很喜欢窝在店里的懒人沙发上，后来我的新出租屋终于也有了地毯和懒人沙发，甚至还有了全新的浴缸。欢迎来我家泡澡啊，可舒服了。我对健雄说道。

看着闰土大口吃土豆泥的样子，我毫不犹豫地告诉他，当然要留啊，不然我费那么大劲儿考过来干吗，日子总会好的，就像你现在即使没考上研，又欠着若干App上千块钱，不还是依然觉得从骨子里，都透露着自由。

所有在大城市努力的我们啊，其实无论是进是退，都全凭自由。我身旁也有好几个朋友选择了离开上海，在老家过起了自己的小日子，都挺好的。

但重点是，不要碍于面子而强留，各人有各人的活法与追求，不要太在意别人的看法，毕竟人生在世，只此一遭，只要不在回过头问当初的自己是否后悔时，回答后悔就好。

你说我会一直待下去吗？

我不知道，但我期待这样的不知道。